천애협로 4

촌부 新무협 판타지 소설

초판 1쇄 찍은 날 § 2012년 5월 11일
초판 1쇄 펴낸 날 § 2012년 5월 18일

지은이 § 촌부
펴낸이 § 서경석

편집부장 § 권태완
편집책임 § 주소영
디자인 § 이혜정

펴낸곳 § 도서출판 청어람
등록번호 § 제1081-1-89호
등록일자 § 1999. 5. 31
어람번호 § 제2-2225호

주소 § 경기도 부천시 원미구 심곡2동 163-2 서경B/D 3F (우) 420-822
전화 § 032-656-4452 팩스 § 032-656-4453
http://www.chungeoram.com
E-mail § chungeorambook@daum.net

ⓒ 촌부, 2011

ISBN 978-89-251-2870-2 04810
ISBN 978-89-251-2651-7 (세트)

※ 파본은 구입하신 서점에서 교환하여 드립니다.
※ 저자와 협의하여 인지를 붙이지 않습니다.
※ 이 책은 도서출판 청어람과 저작자의 계약에 의해 출판된 것이므로,
  무단 전재 및 유포·공유를 금합니다.

天涯俠路

FANTASTIC ORIENTAL HEROES
부 新무협 판타지 소설

4 협객행(俠客行)

제1장	혼몽(昏夢)	7
제2장	협(俠)과 대의(大義)	35
제3장	그렇다면, 간다	73
제4장	무슨 자격으로	107
제5장	천지이괴(天地二怪)	137
제6장	회자정리(會者定離)	169
제7장	협객행(俠客行)	195
제8장	네가 지금 무엇을 하고 있느냐?	223
제9장	복수	249
제10장	격전(激戰)	273

第一章
혼몽(昏夢)

1

 영원히 이어질 것만 같은 기나긴 밤이었다. 태양의 모습이 어떠한지, 과연 아침이라는 것이 존재하기는 하는지 알 수가 없을 정도였다. 흐릿한 의식을 부여잡으며 주변을 서성이던 소량은 현실이 아니라 꿈속을 걷는 것 같다고 생각했다.
 '혼절하기라도 한 걸까…….'
 어쩌면 그럴지도 모른다.
 전신이 물먹은 솜처럼 무거웠거니와, 항상 도도히 휘돌던 내기(內氣)도 바닥을 드러내고 있었다. 운기를 해야 한다고 생각하면서도 소량은 느릿하게 걸음만 옮길 뿐이었다.

동쪽 하늘이 붉게 달아오를 즈음, 마침내 소량이 걸음을 멈추었다. 슬며시 고개를 내민 태양을 바라보고 있자니 시답잖은 궁금증 하나가 일어났다.

'할머니를 처음 만나던 날, 그날은 어땠더라?'

동생들과 함께 몇 점 되지 않는 오리고기와 곰팡이 핀 밥덩이를 나누어 먹던 어느 겨울날, 낯선 할머니가 찾아와 '당장 씻지 않고 뭐하는 겨!' 라고 호통을 치던 날.

그날의 태양은 어떤 모습이었더라?

'기억이 나지 않아.'

명징한 것이 있다면 오직 할머니의 미소뿐이었다. 아귀아귀 밥을 먹는 모습을 흐뭇하게 바라보던 할머니의 얼굴, '이거 묵어봐라, 달다잉' 하며 당과를 건네던 주름진 손.

가슴이 저릴 정도로 따듯했던 순간들이었다.

하지만 행복한 시간은 그리 오래가지 않았다. 할머니는 나타났던 것만큼이나 갑자기 사라져 버렸던 것이다.

'할머니가 사라지던 날은……'

그녀는 몇 개의 흔적과 수십 구의 시신을 남겨둔 채 실종되었다. 찌는 듯한 더위 속에서 시신들이 뿜어내던 악취가 아직도 코끝을 맴도는 듯했다.

'여름. 아마 늦여름이었던 것 같다.'

수많은 기억들이 두서없이 떠올라 소량을 괴롭혔다.

동생들을 피신시키고 할머니를 찾아 강호로 나서던 날.

그 와중에 만난 소년 연호진과 절대고수 도천존.

죽을 고생을 다해 당도한 남궁세가.

소량의 눈에 눈물 몇 방울이 고였다.

'남궁세가에서 만난 할머니는 우리를 기억하지 못했어.'

하늘이 무너지던 날이었다. 그토록 사랑해 주었던 그녀가 자신을 부정하던 날의 슬픔이 되살아나 가슴을 옥죄었다.

그 모습이 아파 보였던 것일까.

소량의 뒤에서 누군가가 비명을 질렀다.

"어디 안 좋으신… 세, 세상에! 피가!"

소량이 뒤를 돌아보니, 웬 중년 사내가 염려 가득한 얼굴로 달려오는 것이 보였다. 걱정스러운 시선을 보면 아는 사람인 것 같은데, 기억이 뒤섞인 탓인지 낯설기만 했다.

"어서 들어가십시오! 제가 가서 의원을 불러오겠습니다!"

중년 사내가 호들갑을 떨며 소량을 부축했다.

소량은 말릴 생각도, 뿌리칠 생각도 하지 못한 채 멍하니 그를 바라볼 뿐이었다.

'이 사람은 누구지? 그리고 이곳은…….'

소량은 중년 사내에게서 시선을 떼어 주위를 둘러보았다.

할머니를 만난 지 얼마 되지 않아 소량은 남궁세가를 떠났다. 동생들을 찾아 할머니에게로 돌아오기 위함이었다.

혼몽(昏夢) 11

하지만 동생들이 머물고 있다던 신양현의 상단은 폐허가 되어버린 후였다. 승조에게 구명지은을 입었다는 촌로가 서신을 전해주기 전까지 소량은 절망의 한가운데에 있었다.

'그 서신에 따르면 동생들은 무사하다고 했다. 영화도, 승조도, 태승이도… 유선이, 유선이는?'

소량의 눈에 빠르게 초점이 돌아왔다. 막내 유선을 떠올리자 번개라도 친 것처럼 번쩍 정신이 든 것이다.

'유선이가 실종되었어!'

실종의 이유가 혈마곡 때문이라 짐작한 소량은 미친 듯이 무림맹의 지부들을 돌았다. 그 결과, 나전현에서 아이들이 실종되고 있다는 정보를 얻을 수 있었다.

소량이 서 있는 바로 이곳이 나전현이었다.

'며칠이나 나전현을 뒤진 끝에, 동굴 하나를 발견할 수 있었지. 누군지 모를 초췌한 아이들이 머물던 동굴.'

동굴엔 아이들만 있는 것이 아니었다. 그곳엔 정체 모를 노고수가 한 명 있어 아이들의 정기를 취하고 있었던 것이다. 한창 흡정을 하는 도중에 방해를 받은 노고수는 몹시 대로하여 소량을 공격했는데, 하나같이 무섭지 않은 것이 없었다.

소란을 들은 혈마곡의 마인이 그를 도우러 왔지만, 노고수는 오히려 그들을 제물로 삼아 자신의 안위를 돌볼 뿐이었다. 그에게 밀쳐진 마인이 내지르던 비명이 귀에 생생했다.

"허억? 신도문주! 이게 무슨 짓… 크아악!"

신도문은 나전현의 거목으로, 당당한 정도무림의 한 축이었다. 신도문의 문주인 단혼신도 곽채선 역시 협의지심이 가득한 무림의 명숙이라 했다. 그런 그가 동남동녀의 정혈을 흡취하고 있을 줄은 아무도 몰랐으리라.
'…신도문주!'
소량이 아랫입술을 짓씹었다.
신도문주와의 결전은 동굴이 무너지며 끝이 났다. 진동 속에서 그는 비틀린 미소를 지으며 자신을 조롱했었다.

"살아날 수 있겠느냐?"

동굴이 내지르는 굉음, 비명조차 없는 아이들, 그저 초조함만을 가지고 펼쳤던 경공. 지난밤의 끔찍했던 기억을 떠올린 소량이 길게 숨을 토해냈다.
"아아."
이제야 자신을 부축한 중년 사내가 누구인지 알 것 같았다.

간밤에 자신이 구출해 온 아이들 중 한 명의 아비였다.
"왕(王) 씨 성에, 소(小) 자, 삼(三) 자를 쓰신다 하셨지요?"
"예! 제가 왕소삼입니다요! 어서 들어가 몸을 뉘이십시오! 아까는 어두워서 몰랐는데, 피를 이만큼이나 흘렸으니!"
"제 피가 아닙니다. 염려치 마십시오."
사실 소량의 상처는 그리 심하지 않았다. 내상이 없지는 않았으나 가벼웠으며 외상은 아예 몇 군데 없다.
하지만 소량은 너무 지쳐 있었다. 일순간 너무 많은 내력을 소진해 버린 데다가 신도문주가 추적대를 보낼까 두려워 운기조식을 할 수가 없었던 것이다.
'생각해 보면 나, 유선이가 실종된 이후로 제대로 잠을 자 본 적이 없구나.'
아무리 상황이 다급해도 여유를 잃어서는 아니 되는데 선 채로 혼몽(昏夢)에 빠져들 정도로 스스로를 채찍질하기만 했다. 아마 할머니께서 아셨다면 크게 호통을 쳤으리라.
"제가 도착한 후로 몇 시진이나 지났지요?"
"반 시진이 안 됐습니다요. 한 식경이나 됐을까······."
소량이 쓴웃음을 지었다. 한 서너 시진은 지났을 줄 알았는데 알고 보니 채 반 시진도 지나지 않았다.
"그럼, 다른 사람들은?"
"아직 아무도 안 왔습니다. 하지만 모두 상황이 다급하단 것을 알고 있으니 금방 올 것입니다요."

 아무것도 없이 도피행에 오를 수는 없는 노릇인지라 소량은 아이들과 그 부모들에게 짐을 챙겨 최대한 빨리 돌아오라 일렀다. 혼몽에 빠져든 것도 그들을 기다리며 동공(動功)을 펼치던 와중이었다.

 고개를 끄덕인 소량이 다시 느릿하게 걸음을 옮겼다.

 "정말로 괜찮으신 것입니까요?"

 "……."

 왕소삼이 걱정스레 되물었지만, 소량은 아무런 대답도 하지 않았다. 괜히 말을 하여 심기를 소모하느니, 차라리 동공에 집중하여 잠깐의 기력이라도 회복하는 것이 나았다.

 "에휴."

 왕소삼은 길게 한숨을 토해내고는 몸을 돌렸다. 치료를 할 생각이 없는 모양이니 가서 끼니라도 마련해 올 생각이었다. 비록 남은 식량이 얼마 없지만, 은인을 굶게 할 수는 없었다.

 그러나 왕소삼이 조방에 채 도착하기도 전에, 모옥의 왼편에서 일단의 사람들이 모습을 드러내었다.

 모두 소량이 구해온 아이들의 부모들이었다.

 "이제야 오셨군요. 걱정하던 참이었습니다."

 동공을 펼치던 소량이 밝은 얼굴로 그들에게로 다가갔다.

방금 전까지 울다가 나왔는지, 퉁퉁 부은 눈을 한 아낙이 소랑을 보자마자 대뜸 무릎을 꿇었다.
"제 딸아이를 구해주셔서 감사합니다, 대협."
아낙은 고개를 연신 숙이며 감자 몇 알이 든 바구니를 들어 올렸다. 고작 감자인 것이 부끄러워서일까, 아니면 그것이 전 재산이라 천 근 무게보다도 더하게 느껴진 탓일까.
아낙의 손이 부들부들 떨려왔다.
"좋은 것은 아니지만 제가 가진 전부입니다."
"이, 이러지 마십시오. 어서 일어나세요."
난데없이 대례를 받게 된 소랑이 얼른 아낙을 일으켜 세우려 했지만, 그녀는 막무가내였다. 다른 사람들도 아낙처럼 무릎을 꿇고는 저마다 가져온 것을 들어 올렸다.
"제 아들놈을 구해주셔서 감사합니다."
"대협 덕분에 살았습니다, 제 아들이 살았어요!"
소랑은 차마 사람들의 눈을 마주할 수 없었다.
대협?
가당치도 않다.
'나는 협이 무엇인지도 모르는데, 저들은 이미 나를 협객으로 대하고 있구나.'
알고 보면 자신은 저들과 똑같은 시골 청년에 불과하다. 그 이상을 바란 적이 없는데, 그저 무창의 목공으로 살기를 바랐을 뿐인데 세상은 너무나 큰 것을 요구하고 있었다.

"나도 먹을래."

그때, 아낙과 함께 온 계집아이가 조그마한 손을 뻗어 감자를 움켜쥐었다. 먹을 것이 가득 쌓여 있으니 먹어도 괜찮은 줄 알았나 보다.

"어머, 얘가!"

"괜찮습니다. 먹게 두십시오."

소량이 당황하는 아낙을 말리며 미소를 지었다.

어른들의 눈치를 살필 줄 모르는 것이 맹랑하다기보다 귀엽게 느껴진다. 겁을 덥석 집어먹고는 울까, 말까 고민하는 표정이 딱 유선이를 닮았다.

"이렇게 많으니 먹어도 괜찮아. 어서 먹으렴."

"가, 감사합니다. 대협."

계집아이 대신 아낙이 머리를 숙였다.

소량은 자신의 몫으로 감자 두 알을 챙기고는 나머지는 모두 부모들에게 되돌려주었다.

"저는 이것으로 충분합니다. 서둘러 움직여야 하니 다들 나누어 드시지요."

"어, 어찌 저희가……."

"시간이 없으니 가면서 먹는 것이 낫겠습니다."

소량은 그들의 품에 먹을거리를 안겨주자마자 뒤도 보지

않고 걸음을 옮겼다. 그들이 거부할까 저어된 탓이었다.

부모들이 감자나 보리 따위를 움켜쥐고 쫓아오자, 소량은 '서쪽 산야로 삼십여 리를 가면 사냥꾼들이 쓰는 움막이 있다더라, 일단은 그곳에서 하루를 묵고 다음날에는 대별산으로 피신할 생각이다'라고 설명을 해주었다.

설명을 마친 다음에는 일행의 후미로 향해 흔적을 지운다. 추종술을 잘 알지는 못하지만 조금이나마 도움이 되리라.

"하아—"

흙이나 마른 가지로 발자국을 지우던 소량이 물끄러미 일행을 바라보았다. 아이들의 실종을 조사하던 끝에 그 부모들의 삶까지 알게 된 소량이었다.

'염(染) 부인이라 했었나?'

감자를 건넨 여인의 이름은 염소희(染小喜)라 하는데, 돌림병으로 모든 가족을 잃은 촌부(村婦)였다.

겨우 얻은 유복녀가 실종되었는데도 관의 수사가 미진하자, 그녀는 몸을 팔아 자식을 찾아줄 낭인을 구하고자 했다.

그런 여인이 감자는 어디서 났을까.

"……"

소량은 차마 먹지 못하고 품에 챙겨만 둔 감자를 물끄러미 내려다보았다. 별 볼일 없는 감자 두 알이 그 어느 것보다 귀하게 느껴졌다.

　가장 앞에 선 사내의 이름은 장삼(張三)이라 했다.

　'아들의 얼굴에 떠오른 허기가 무서워 매품을 팔아가며 먹을거리를 마련했던 아비였지.'

　실종되던 날, 아들은 목마(木馬)를 깎아달라고 장삼을 졸랐다고 했다. 그게 귀찮아 타박을 했던 것이 마음에 걸려서, 아들이 실종된 후로 장삼은 매일 목마를 깎았다.

　"다른 것은 기억나지 않는데, 화를 낸 것만 기억나. 이까짓 게 뭐라고 화를 냈을까. 깎아주면 그만인 것을……."

　소량이 동굴에 당도했을 때 한창 흡정을 당하고 있던 아이가 바로 장삼의 아들이었다. 동굴을 빠져나와 살펴보니, 아이는 이미 진원지기를 태반이나 빼앗긴 상태였다.

　'아이는 얼마나 살 수 있을까?'

　소량은 눈을 질끈 감고 말았다.

　생각해 보면 왕소삼은 또 어떠한가! 자식은 사라졌고, 내자는 굶어 죽고 말았다고 절규하던 그의 모습이 아직도 눈에 선했다. 그때 취객이 대꾸했던 말도 마찬가지였다.

　"이봐, 세상이 다 그런 거야. 세상이 자식을 잡아먹어도, 내자를 잡아먹어도 우리 같은 무지렁이야 별수 있나? 알고 보면 세상은 살아가는 게 아니라 견뎌내는 거야."

그의 말이 옳았다.
세상을 견뎌내기 위해 잔인해진 사람들도 있었다.
소량은 자식의 죽음을 전해 듣고 '입 하나 줄었으니 다행이지'라고 차갑게 말하던 부모를 떠올렸다. 그들의 뒤에는 또 다른 자식들이 허기진 얼굴로 고개를 갸웃하고 있었다.
소량은 저도 모르게 이를 질끈 깨물었다.
자식의 죽음을 외면한 부모를 비난할 수 없었고, 자식의 생환을 기뻐하는 부모의 환희에도 동참할 수 없었다.
'천지(天地)는 이토록 불인(不仁)하구나.'
하늘이 정말로 있다면 혈마곡을 내어서는 아니 되었다. 지방 유지와 결탁해 세를 올리는 관아를 내어서는 아니 되었다. 구휼미 한 섬 풀지 않는 조정을 내어서는 아니 되었다.
세상은 너무도 부조리했다.
더욱 끔찍한 것은 거기에 항거할 수 없다는 점이었다.
한낱 개인의 몸으로 어찌 세상 전부를 감당하겠는가!
상념에 빠진 소량의 귓가에 작은 목소리가 파고들었다.
"아들 녀석에게 들어보니 신도문의 소행이라더구먼."

"쉿! 대협께서 듣겠네."

소량 몰래 대화를 나눈답시고 목소리를 죽였지만, 무인의 발달된 청력은 모든 소리들을 실어왔다. 소량은 청력을 돋워 그들의 이야기에 귀를 기울였다.

"우리 아들놈도 신도문의 대장 할아버지가 자기들을 잡아먹었다고 하더군. 나도 나지만, 자네는 어찌할 텐가?"

"발고해야지. 내 글자도 모르는 까막눈이지만 대명률이 있다는 것만은 알아."

왕소삼의 질문에 장삼이 단호하게 대답했다. 옆에서 듣고 있던 염소희가 걱정스러운 얼굴로 끼어들었다.

"관아에 발고한다고 씨알이나 먹히겠어요?"

관이 움직이지 않는다는 것을 이미 겪어본 염소희였다. 그녀는 품에 안긴 딸의 등을 두드리며 말을 이어나갔다.

"신도문의 말만 듣고 세를 두 섬이나 늘린 관아라고요. 관과 신도문이 그렇게 친하니, 우리가 백 번을 말해도 관아는 듣지 않을 걸요."

"그래도 해야지. 내 죽는 한이 있어도 발고하고 말거야."

"아서라, 아서. 우리 같은 사람에게 수가 있나? 막말로 신도문에서 미안하답시고 몇 푼 던져 주면 감지덕지 받아야 할 판인데."

"차라리 굶어 죽으면 죽었지, 그런 더러운 돈은 안 받아!"

장삼이 죽어도 꽥 소리는 내고 죽겠다며 성질을 부렸다. 왕소삼이나 염소희는 신도문에서 무사들을 보낸다면 애먼 목숨만 날리게 된다며 그런 장삼을 말렸다.

"쉿, 목소리가 너무 커. 대협께서 들으시겠네."

장삼의 목소리가 커지자 왕소삼이 서둘러 그를 말렸다.

소량은 대화를 듣지 못한 척, 흔적을 지우는 데 열중했다.

'단 대협, 어찌하여 제게 협을 물으셨습니까?'

잊고자 하면 얼마든지 잊을 수 있는 간단한 질문이었지만, 소량에게 있어서 도천존의 질문은 화두나 다름없었다.

'저는 그럴 만한 그릇이 되지 못합니다.'

어렸을 적, 할머니가 세상을 보여준 적이 있었다. 도대체 어떤 재주를 부린 건지, 할머니의 말씀대로 잠깐 눈을 감았다 뜨니까 이전에는 보지 못했던 것들이 보였던 것이다.

좁디좁았던 세상이 넓어지는 순간이었다.

도천존 역시 세계의 확장을 요구하고 있었다. 그저 손을 내밀고 싶을 뿐이라는 말에 그가 무어라 답했던가.

"하하하! 네 한과 미련에 비추어 백성들을 돕고자 했던 게냐? 옳다, 그 역시 길이 될 수 있겠지. 하나 너는 네 한과 미련이 닿지 않는 곳의 백성들은 돕지 못하리라."

소량의 표정이 어두워졌다. 손이 닿는 곳은 도울 수 있겠으나, 천하에 비하면 모래알에 불과할 뿐.
　'저는 고작 일개 무인일 뿐입니다, 세상을 바꿀 능력도, 재주도 없는.'
　톡톡—
　그때, 고사리마냥 조그마한 손이 소량의 무릎을 두드렸다. 고개를 내려다보니 왕소삼의 아들, 왕효(王孝)가 감정이라고는 없는 얼굴로 서 있는 것이 보였다.
　"어찌하여 불렀느냐?"
　소량이 따듯한 목소리로 말했지만, 왕효는 대답 대신 고개만 갸웃할 뿐이었다.
　물론 왕효 역시 처음부터 이처럼 무감정했던 것은 아니었다. 처음 잡혀갔을 때만 해도 살려달라고 울어도 보고, 엄마랑 아빠가 보고 싶다고 졸라도 보았다.
　하지만 모두 무용지물이었다.
　함께 지내는 아이들은 차례차례 잡아먹혔고, 그 모습을 계속 보다 보니 어느새 아무렇지도 않아졌다.
　마치 그렇게 되는 게 당연한 일인 것처럼.
　"엄마가 없어."
　소량의 말이 끝나기 무섭게 왕효가 입을 열었다.
　모친의 부재를 말하면서도 슬프거나 두렵지 않은지, 왕효의 목소리는 담담하기 짝이 없었다.

"아빠는 엄마가 어디에 갔는지 말해주지 않아. 아마 엄마도 잡아먹었나 봐."

소량의 시선이 불안한 듯 좌우로 흔들렸다. 시선을 피하고 싶었지만, 왕효의 눈은 소량을 붙잡고 놔주지 않았다.

"네 어머니는……."

소량은 더 이상 말을 잇지 못했다.

왕효의 어머니는 굶어 죽었다.

"혹시 내 차례도 와? 내 차례는 언제야?"

왕효가 다시 물었지만, 소량은 조용히 뒤로 물러날 뿐이었다. 대답을 듣지 못할 것이라는 것을 알았는지 왕효는 멀거니 서서 물끄러미 소량을 바라보았다.

2

혈마를 제외한다면, 혈마곡에서 가장 유명한 무인은 아마 오행마가 될 터였다. 무학으로 따지자면 오행마를 넘어서는 자들도 존재하지만 그들만 한 악명을 가진 사람은 없다.

그들의 악명이 이처럼 드높은 이유는 단 두 가지다.

첫째는 혈마가 오행마 이상의 고수를 곡 외로 내보낸 적이

거의 없기 때문이다. 권토중래를 노리는 혈마로서는 당연한 일이리라.

둘째는 말할 것도 없이, 과거의 혈란 때에 오행마가 벌인 악행 때문이다.

특히 화마의 경우가 그러한데, 동남동녀의 정기를 흡취하는 화마공은 정도무림에 있어 악몽이나 다름이 없었다.

자식을 빼앗긴 부모 중에 삼천존 중 하나인 검천존이 포함되어 있을 정도니 악명의 대단함이야 말할 것이 있으랴.

마인 중의 마인인 그런 화마와 정도무림의 거목인 신도문과는 아무런 접점이 없어야 옳았다.

하지만 지금 화마가 서 있는 곳은, 신도문의 중심 중의 중심인 문주의 집무실이었다.

"허허, 이런 한심한 놈을 보았나."

화마가 실소를 지었다. 신도문의 문주, 단혼신도 곽채선이 오만상을 찌푸린 채 관자놀이를 짓누르는 모습이 너무나도 우습게 보였던 것이다.

"무능한 놈들……."

곽채선의 볼살이 분노로 인해 부들부들 떨려왔다. 비밀리에 키운 신의대(新義隊)를 풀었는데도 아무 정보도 알아내지 못했으니 어찌 화가 나지 않겠는가.

그가 분노할수록 화마의 헛웃음은 짙어져만 갔다.

혼몽(昏夢) 25

'참으로 재미있는 놈이 아닌가.'

혈마곡에 들었으면서도 곽채선은 신도문을 놓지 못했다. 혈마곡의 무학은 무학대로, 신도문의 권력은 권력대로 가지고 싶어 한다.

화마는 고개를 절레절레 저었다.

'쯧쯧. 무인 된 자가 어찌 권력을 그리 탐한단 말이냐, 정체가 들키면 신도문을 포기하고 떠나 버리면 그뿐인 것을.'

무림에 든 자라면 일신의 무학을 믿고 강호를 떠돌겠다는 배포쯤은 있어야 하는 것이 아닌가! 일신의 영달이나 권력을 노렸다면 차라리 조정의 개가 되는 것이 나았을 것이다.

'차라리 너보다 일개 마인이 더 낫다. 그들은 자신의 욕망을 직시하지만, 너는 욕망을 가면 뒤에 숨기는구나.'

남아의 경우엔 단전을 통해 정기를 흡취했지만, 여아의 경우엔 동침(同寢)하여 정기를 흡취했던 곽채선이었다.

말로는 화마공을 위해서라고 하지만, 화마는 그가 쾌락에 중독되어 있다는 것을 잘 알고 있었다.

색욕으로 번들거리는 눈을 떠올리자 헛웃음이 났다.

'아니, 이게 오히려 마인다운 것이려나.'

화마가 그렇게 생각할 때였다.

곽채선이 부복한 신의대원을 노려보며 말했다.

"벌써 사흘이나 지났다. 그런데 아직도 천애검협의 행방을 알 수가 없다니, 너희는 대체 무얼 하고 있단 말이냐?"

"송구합니다."

신의대원이 착 가라앉은 목소리로 대답했다. 흔들림없이 대답하는 태도가 오히려 곽채선의 분노에 부채질을 했다.

"본관이 무너진 탓에 바로 추적대를 보내지 못한 것이 패인입니다."

"닥쳐라! 추종술을 배운 자가 없지는 않을 터! 아직도 찾지 못했다는 말은 무능하다 자인하는 꼴이 아니냐?"

곽채선이 노호성을 터뜨렸다.

"시간이 부족하여……."

시간만 있다면 나전현은 물론, 대별산 전체를 뒤져서라도 찾아낼 테지만 고작 며칠 만으로는 아무것도 알아낼 수가 없다. 신의대원이 어두운 얼굴로 고개를 떨어뜨렸다.

"시간이 부족해? 놈! 한 달 뒤에 무슨 행사가 있는지 알면서도 그딴 소리를 지껄인단 말이냐!"

곽채선이 옆에 있는 벼루를 집어 신의대원에게 던졌다.

값비싼 계간석(鷄肝石)으로 만든 벼루가 깨어지며 신의대원의 머리에서 피가 튀었다. 신의대원은 흐르는 피를 닦지도 않고 묵묵히 머리를 조아렸다.

"후우―"

곽채선이 심호흡을 내뱉고는 눈을 질끈 감았다.

'도대체 어디에 있는 게냐, 천애검협?'

어느새 나전현에 소문이 돌고 있었다. 곽채선이 동남동녀들을 납치하여 음탕한 짓을 벌인 후에 죽였다는 소문이었다. 반신반의하는 사람도 많았으나 그를 믿는 사람도 많았다.

혈마곡의 소행이라고, 혈마곡이 자신에게 누명을 씌우는 것이라고 역공작을 펼쳐 보았지만 소문은 점점 커져만 갔다.

곽채선은 두려움을 느꼈다. 자신의 자리를 빼앗길까 봐, 권력의 달콤함을 더 이상 누리지 못하게 될까 봐.

"칠 주야의 시간을 주마. 너는 신의대원 전체를 풀어 나전현과 대별산을 뒤져라. 알아듣겠느냐?"

겨우 평정을 찾은 곽채선이 말했다.

"존명!"

신의대원이 우렁차게 외치자, 곽채선이 귀찮다는 듯 손사래를 쳐 축객령을 내렸다.

잠시 무거운 침묵이 흘렀다.

"걱정이 되어 잠을 수가 없는 모양이로구나. 쯧쯧, 신도문을 빼앗기는 것이 그렇게 두려우냐?"

신의대원이 물러나자 마침내 화마가 입을 열었다.

곽채선이 억울하다는 듯 반발했다.

"모두 혈마곡을 위해서입니다. 정도무림을 꺾기 위해서는 신도문의 도움이 필요하다는 것을 잘 아시지 않습니까."

"흐음, 흠."

화마가 불씨를 공처럼 던졌다 잡으며 콧방귀를 뀌었다.

"수완이 좋은 것으로 알고 있다. 관에도 기름칠을 듬뿍 해두었으니 염려할 것이 없지 않느냐? 이까짓 소문 따위야 돈이든, 권력이든 써서 덮어버리렴."

"백성들 사이에 떠도는 소문은 두렵지 않습니다. 다만 천애검협이 자신의 명성을 이용할까 두려울 뿐입니다."

세상은 이름없는 자의 목소리에는 귀를 기울이지 않지만, 이름있는 자의 목소리에는 반드시 귀를 기울인다.

천애검협은 당금 강호의 신성으로 백성들을 돕고 의를 행하는 협객이라 알려져 있다. 천애검협보다 나이가 많은 무인들조차 공공연히 존경을 말할 정도이니, 그의 말에 상당한 무게가 실릴 것은 자명한 이치였다.

"그가 의혹을 제기한다면 많은 주목을 끌게 될 테지요. 차라리 조용히 암습이나 해주면 좋으련만."

"하하하!"

화마가 크게 웃어 보이며 주먹을 꽉 쥐었다. 그의 손바닥에서 타오르던 불이 연기조차 없이 사라졌다.

"그렇다면 시간을 벌어야겠구나. 한 달 뒤의 행사를 좀 더 미뤄보려무나."

"하남 남부의 모든 무인이 모이는 행사입니다. 더불어 소림사의 승려와 무당파의 도사까지 축하를 위해 오는 자리입니다. 어찌 미룰 수 있겠습니까?"

"미루지 못한다는 게냐, 미루기가 싫다는 게냐?"

"전자입니다."

"후자가 아니라?"

"……"

곽채선은 대답하지 못했다.

화마도 알고 있다. 권력은 더 많은 것을 위해 내달릴 뿐, 결코 뒤로 물러서는 법이 없다는 것을.

"그렇다면 그를 유인하는 수밖에 없겠구나."

"유인이라니요?"

"한 달 뒤에 있을 대회를 예정대로 여는 게지."

한 달 뒤에 남도림(南刀林), 선풍관(仙風館), 장가무관(張家武館) 등 명망있는 문파들이 나전현에 모인다. 소림사의 승려와 무당파의 도사까지 축하를 위해 참석한다.

이른바 하남 무림 연맹(聯盟)을 논의하는 자리인 것이다.

"그때에 백성들을 불러 혈마곡의 암습을 공표하렴. 아이들의 실종 역시 나, 화마의 탓으로 만들어두려무나."

"하남무림이 결집하는 이때에 그런 악재를 공표하란 말입니까? 신도문의 명성에 크게 흠이 갈 것입니다."

"아니, 오히려 기뻐할 게다. 나를 가장 잘 아는 사람은 적이라 하지 않았더냐? 혈마곡의 암습을 받았다는 것은 곧 무림의 중추세력 중 하나라는 뜻이 된다."

"흐음."

곽채선이 눈을 가늘게 뜨고 수염을 쓰다듬었.

잠시의 시간이 지나자 곽채선의 눈이 가늘어졌다.

"하면, 유인이라는 말씀은?"

"천애검협은 반드시 나타난다. 적이 행동을 하는데 어찌 파악하지 않을까? 네가 공개적인 곳에서 모습을 드러낸다면 그는 먼발치에서라도 지켜보려 할 것이다."

"아아."

곽채선의 표정이 밝아졌다. 천애검협은 강호를 독보하는 무인으로, 벗도 동료도 없다고 알려져 있다. 자신을 감시하기 위해서는 직접 나설 수밖에 없으리라.

화마가 허공을 바라보며 중얼거렸다.

"그가 나타나기만 하면 내가 처리해 주마. 원한다면 그 자리에서 제거하고, 소란이 일어나는 것이 싫다면 그의 뒤를 밟아 한적한 곳에서 처리하지."

"허허허!"

곽채선이 크게 웃으며 장읍을 해 보였다. 화마가 직접 나선다면 천애검협은 이미 죽은 것이나 다름없는 것이다.

"스승께 이리 신세를 지게 되었으니, 참으로 불민한 제자올습니다."

"신경 쓸 것 없다, 신경 쓸 것 없어."

화마가 껄껄 웃으며 고개를 저었다.

'곽채선아, 곽채선아. 네가 좀 더 수고를 해주어야겠다. 천애검협도 대어이긴 하지만, 그만 낚아서는 아무래도 아쉽지 않겠느냐.'

대별산에 머무르던 혈마곡의 마인들이 하나둘씩 죽어가고 있는 지금이다. 시신을 살펴보아도 흉수의 정체는커녕, 어떤 수에 당했는지조차 알 수가 없다.

알아낸 것은 단 하나.

절대고수가 아니면 불가능한 수법이다.

화마는 검천존이 부근에 있음을 확신했다.

'본래 곽채선을 이용해 동남동녀의 실종에 대한 정보를 흘린 것은 모두 검천존을 잡기 위함이었지. 거기에 더불어 천애검협까지 낚았으니, 가히 태공망의 낚시에 비할 만하다.'

화마의 머릿속이 팽팽 돌아갔다.

'더불어 도천존과 창천존이 부근에 없다는 것을 알았으니 이제는 거리낄 것이 없지.'

도천존은 상산도원에 있고, 창천존은 신양현에서 모습을

드러냈다고 했다. 나타난 것은 검천존 한 명뿐인 것이다.

'판이 제대로 짜였어. 천애검협도, 검천존도 끝을 맞이하게 되리라.'

화마가 빙그레 미소를 지으며 곽채선을 돌아보았다.

곽채선이 거듭 감사를 표하며 목례했다. 몰락이 가까이 왔다는 것을 몰랐기에 그의 얼굴에는 미소가 가득했다.

第二章
협(俠)과 대의(大義)

1

 소량과 백성들이 왕소삼의 모옥을 떠나 도피행에 오른 것도 벌써 보름 전 일이었다.
 추적대가 쫓지 않기에 안심했는데, 반나절이 지날 즈음 마침내 일단의 무인들이 따라붙었다. 추종술을 전문적으로 익힌 자가 있는지 그들의 속도는 쾌속했다.
 산등성이에서 낯선 기감을 느낀 소량은 그야말로 대경하고 말았다. 나름대로 흔적을 지웠지만, 그것만으로는 추적대를 따돌릴 수가 없다는 것을 깨달은 것이다.
 한참의 고민 끝에 소량은 계획을 바꾸기로 결심했다.

'흔적을 지울 수 없다면 도리어 많이 남기면 될 일.'

그로부터 며칠간, 소량은 바쁘게 대별산 일대를 떠돌았다. 일부러 수십 명이 지나간 흔적을 만들면서 말이다.

전문적으로 추종술을 배운 이가 보면 비웃을 것이나, 약간의 시간이나마 벌 수 있을 터였다.

계획이 적중했던 것일까.

아니면 하늘의 도움이 있었던 것일까.

칠 주야 전부터 추적대의 기척이 느껴지지 않았다.

이제는 숨을 곳을 찾아 이동하는 일만 남았다.

"허억, 허억."

거친 숨소리가 들리자 소량이 흘끔 뒤를 돌아보았다. 남루(襤褸)에 피곤까지 더한 초췌한 몰골의 사람들이 보였다. 아침부터 계속해서 산을 탔으니 지칠 만도 했다.

제대로 씻지 못해 검댕이 묻은 얼굴로, 사람들은 이제야 쉬는 거냐고 조심스레 되물었다.

"아직은 아닙니다. 노출된 지형이니 조금만 더……."

말을 하다 말고 소량이 입을 다물었다. 아이들의 창백하게 질린 얼굴을 보자 머리에 둔중한 충격이 왔다.

'그러고 보니 출발을 언제 했더라?'

새벽별이 뜰 때 출발해서 내내 산을 탔다. 중간, 중간 쉬기는 했지만 한 식경 이상 쉰 적이 없었다.

어른들도 따라오기 힘든 강행군인데 아이들은 어떠하랴?

아이들의 눈에는 눈물이 그렁그렁했다.

그뿐만이 아니었다.

추적대가 쫓아올까 두려워 모닥불조차 제대로 피우지 못했다. 모닥불의 연기는 봉화마냥 먼 곳에서도 보일 것이 분명했으니까. 때문에 아이들은 혹한까지 견뎌내야 했다.

'내가 바보 같은 짓을 했구나.'

이대로 계속 이동했다가는 아이들이 얼어 죽을지도 모른다. 지금은 무슨 일이 있더라도 쉬어야 할 때였다.

소량이 결심한 얼굴로 입을 열었다.

"오늘은 여기서 묵겠습니다."

"예? 여기서 묵는다고요?"

"불도 피워야겠습니다."

말을 마친 소량이 대뜸 허리를 굽혀 잔가지를 주워 들었다. 왕소삼이 다급히 소량의 뒤를 쫓으며 말했다.

"대협! 불을 피운다니요? 추적대가 오면 어찌시려고요!"

"불을 피우지 않으면 아이들이 얼어 죽을지도 모릅니다. 이래도 죽고 저래도 죽는다면 차라리 위험을 감수하는 편이 낫습니다. 칠 주야 전부터 별다른 기척을 감지하지 못했으니, 아마 괜찮을 것입니다. 천운이 따르는 모양이지요."

나무들을 살펴보던 소량은 죽은 나무 한 그루를 발견하고 탄성을 토해냈다. 말라 죽어 있는 나무이니 불을 피워도 연기가 적을 것이 분명했다. 무심코 뱉은 말이지만 정말로 천운이 따르는 것이 아닐까 싶었다.

"식량은 얼마나 남았습니까?"

죽은 나무의 가지를 마구 꺾으며 소량이 말했다.

왕소삼이 걱정 말라는 듯 가슴을 두드렸다.

"염려치 마십시오. 대협께서 구해오신 양이 많으니 보름은 족히 견딜 겁니다."

"그렇군요."

겨울 산에서 먹을거리를 찾을 수가 없었던 탓에, 소량은 일행을 숨긴 후 위험을 감수하고 나전현으로 향했다. 건량이나 육포 따위의 식량을 구하기 위함이었다.

그리고 하남무림대회가 예정대로 치러진다는 소문을 들었다. 아이들의 실종에 대한 진실을 밝힌다는 소문도 함께.

'무림대회를 예정대로 열려면 추적을 할 만한 인원을 뺄 수가 없었겠지. 추적대가 사라진 것은 그 때문인가.'

소량의 눈이 생각에 빠진 듯 깊어졌다.

'아이들의 실종에 대한 진실을 밝힌다는 것은… 추적이 여의치 않으니 명분을 쥐려 하는 것일 터.'

문제는, 그것이 어떤 거짓일까 하는 점이었다.

'신도문주는 도대체 무슨 생각인 걸까?

소량이 씁쓸한 얼굴로 고개를 저었다. 지난 며칠간 계속 추리해 보았지만 떠오르는 것이 없었다. 생각을 계속하는 대신 소량은 창백한 얼굴의 아이들에게로 향했다.

"많이 춥지? 미안하다, 좀 더 일찍 쉬었어야 하는데."

아이들은 추위를 견디다 못해 눈물을 훌쩍이고 있었다. 소량이 자신들의 고통을 알아주는 듯하자, 어미 품에 얼굴을 묻고 아예 엉엉 울기까지 했다.

염 부인의 품에 안겨 있던 계집아이가 얼른 팔을 벌렸다.

"안아주세요, 대협."

"그래, 이리 오너라."

소량을 어려워하는 어른들과 달리 아이들은 소량의 품에 안기는 것을 좋아했다. 추울 때면 덥석 안아서 팔과 다리를 비벼주는데, 그러면 신기하게도 기운이 나곤 했던 것이다.

지금도 마찬가지였다. 소량이 품에 안고 등을 쿡쿡 찌르고 팔과 다리를 비벼주자 신기하게도 따스한 열이 올라온다.

추궁과혈이라!

소량의 손끝에는 적지 않은 내력이 담겨 있었던 것이다.

"아윤도 오너라."

소량은 장삼의 아들, 장윤을 불렀다.

장윤이 핏기라고는 하나도 없는 얼굴로 소량의 품에 안겼다. 장윤을 무릎에 앉혀두고 팔과 다리를 주무르던 소량의 표정이 조금씩 굳어갔다.

'심지만 남은 유등과 다를 바가 없구나.'

너무 많은 선천지기를 빼앗겼다.

근력이 쇠하고, 심장이 느리게 뛰기 시작했다. 이제 머지않아 숨을 쉬는 것도 버거워하게 되리라.

'이대로라면 언제 죽어도 이상하지 않아.'

아이는 자신의 명이 이렇게나 짧다는 것을 알고 있을까?

소량은 부지불식간에 아이의 얼굴을 내려다보았다.

마치 자신의 죽음을 받아들인 듯 체념 어린, 하지만 원망이라고는 없는 순진무구한 얼굴이 보였다.

소량은 화가 치미는 것을 느꼈다.

"몸이 이리 안 좋은데 뭐가 좋아서 그리 웃느냐?"

장윤은 화를 내는 소량의 마음을 안다는 듯 배시시 웃었다. 소량은 억지로나마 미소를 지으며 옆구리를 간질였다.

"어서 나아야 내게 땅따먹기를 가르쳐 줄 것이 아니냐?"

항상 땅따먹기 솜씨를 자랑하는 장윤이었다. 아예 제 돌멩이도 하나 마련해서 가지고 다니는데, 장윤은 손가락으로 살짝만 쳐도 멀리 나아가는 좋은 돌멩이라고 말하곤 했다.

"그래, 말이 나온 김에 지금이라도 가르쳐다오. 어떻게 하면 나도 그렇게 잘할 수 있을까?"

무학을 익힌 그에게 돌멩이 몇 번 튕기는 것은 손바닥 뒤집는 것보다 쉬웠지만, 소랑은 일부러 너스레를 떨었다.
"아빠가 없을 때는 매일 했거든요."
"아빠가 없을 때?"
"일하러 나가시면요."
장삼이 일을 하러 나가면 아이는 혼자 시간을 보냈다.
처음에는 머리 굵은 형들을 쫓아다니며 놀았는데, 가난하고 나이가 어리다 보니 언젠가부터 아예 끼워주지 않았다.
모두 함께 잡은 개구리를 허기에 못 이겨 먼저 먹다가 몰매를 맞기도 했다.
그래서 장윤은 집 밖으로 나가지 않고 홀로 놀았다.
혼자 충권을 하거나, 아비가 만들어준 작은 목마에 짚인형을 얹어 전쟁놀이를 하면서.
땅따먹기도 그중 하나였다. 목마를 탄 짚인형을 장군삼아 전쟁놀이를 하다가 지겨워지면, 해질녘까지 나가서 땅따먹기를 한다. 노을을 배경삼아 홀로 덩그러니 앉아서.

'저만큼까지 돌멩이를 날리면 아빠가 올 거야, 저보다 더 멀리 날리면 아빠가 올 거야.'

노을마저 사라지고 어둠이 내려앉을 즈음, 어스름히 보이는 아비를 보며 아이는 웃었으리라.

소량은 눈을 질끈 감고 말았다.

죽음을 앞둔 아이의 추억인데, 풍성하게 채워져 있어도 모자랄 텐데 그 내용은 너무나 쓸쓸한 것이었다.

땅따먹기가 아니라, 아비에 대한 기다림이라.

"몸이 다 나으면 꼭 가르쳐 줄게요, 대협."

낫기는 언제 낫는단 말인가.

내일 당장 죽어도 이상할 게 없다.

소량은 더 이상 장윤을 바라볼 수 없었다.

"이제 아효 차례로구나."

아이들 중 가장 오래 동굴에 있었으며, 그 때문에 가장 많은 아이들의 죽음을 봐온 왕효의 얼굴에는 여전히 아무런 감정도 없었다. 소량은 억지로 미소를 지으며 말했다.

"녀석, 왜 오질 않아. 부끄러우냐?"

소량은 왕효를 품에 안고는 따듯하게 등을 두드려 주었다.

"아느냐? 내 넷째 동생이 딱 너 같았단다. 울거나 떼쓰지도 않고 너처럼 점잖았지."

감정을 잃어버린 왕효와 본래 점잖은 넷째 태승 사이에는 큰 차이가 있었지만 소량은 그를 지적하지 않았다.

그저 칭찬해 주고 머리를 쓰다듬어 줄 뿐이었다.

"대협, 대협의 동생은 이제 다 컸지요? 그렇지요?"

벌써 몇 번이나 들은 이야기인지라 아이들이 금세 아는 티를 냈다. 특히 염 부인의 딸이 제일 좋아했다.

"영화라는 언니도 어른이 됐다고 했지요, 예쁜 언니가 됐다고 했지요?"

"그래. 예전에는 요리도 못하고 바느질만 했다 하면 손이 상처투성이가 되더니 이제는 요리도 제일 잘하고 바느질도 곧잘 한단다. 나는 내 동생이라 예쁜 줄 알았는데, 사람들도 근방에서 제일 예쁘다고 하더구나. 말했지만 화연이 네가 영화를 닮았단다. 장담컨대 너는 커서 미인이 될 거야."

계집아이의 얼굴에 홍조가 피어올랐다.

자신을 구해준 사람인 데다가, 어른들도 조심스러워하는 사람이 바로 소량이다. 그런 소량의 말이 거짓일 리가 없다.

계집아이는 자신이 예쁜 사람이 될 거라는 기대감에 벌써부터 가슴이 부푸는 것을 느꼈다.

"그리고 아윤, 너는……."

"하지만 화연이는 예원이보다 못생겼는데."

왕효가 무심한 눈으로 중얼거렸다. 감정이라고는 없던 왕효가 입을 열자 소량의 얼굴에 미소가 한 가득 떠올랐다.

"그래? 예원이가 누구인데 우리 화연이보다 예쁠까?"

"할아버지가 제일 먼저 잡아먹은 애."

"……."

소량이 이를 악무는 사이, 왕효가 말을 이어나갔다.

"예원이는 잘못했다고 했는데도 잡아먹혔어. 할아버지가 벌거벗고 예원이 위에 올라가서 잡아먹었어."

"벌거벗고?"

소량은 심장이 철렁 내려앉는 것을 느꼈다. 한참 동안 왕효를 바라보던 소량이 잔뜩 쉰 목소리로 물었다.

"예원이라는 아이는 몇 살이었니?"

"일곱 살."

뿌드득.

절로 이가 갈렸다. 얼마나 힘을 줬는지 턱 근육이 아릴 지경이었다. 살기를 짓누르기 위해 애를 썼지만, 이미 기세가 일어나 옷자락이 저절로 펄럭이고 있었다.

'일곱 살 여아를 간살했단 말인가?'

더 이상 살기를 누를 수가 없었다. 당장에라도 뛰쳐나가 곽채선의 목을 베어버리고 싶었다.

'하지만 어떻게?'

그는 관의 비호하에 있다.

자신이 할 수 있는 건 아무것도 없다.

소량의 몸이 부들부들 떨려왔다.

'나는……'

그때였다. 소량의 살기를 감지한 왕효가 다급히 몸을 버둥대기 시작했다. 소량은 얼른 굳어버린 표정을 풀고는 미소를 가장했다.

"이런. 미안하다, 미안해."

하지만 한 번 겁을 먹은 왕효는 소량의 품에 안겨 있으려 하지 않았다. 제 아비에게로 돌아가려 버둥대는 아이를 더 안고 있을 수가 없어서 소량은 결국 놓아주고 말았다.

"으아앙!"

도대체 얼마나 살기를 뿜어내었던 것일까.

동굴에서는 곽채선의 기세 앞에서도 무심했던 왕효가 울음을 터뜨렸다. 고개를 돌려보니 아이들은 몽땅 어른들에게로 도망간 뒤고, 부모들도 겁에 질린 얼굴이었다.

도망치지 못한 건 오직 장윤뿐이었다.

몇 걸음 걷다가 넘어지기를 반복하던 장윤이 겁에 질린 얼굴로 뒤를 돌아보았다.

"대, 대협."

대협?

누가 대협이란 말인가?

장윤의 말에 소량은 머리가 멍해지는 것을 느꼈다.

"…대협이라니, 당치도 않아."

소량은 그렇게 중얼거리곤 저도 모르게 몸을 돌렸다. 다리에 힘이 들어가지 않아 몸이 비틀거렸다.

"대, 대협!"

겁에 질린 얼굴로 상황을 주시하던 장삼이 다급히 일어나 소량의 뒤를 쫓았다. 소량은 아무런 대꾸도 하지 않았다.
"아이는 본래 어른의 표정에 민감합니다. 화를 내면 겁을 먹게 마련이지요. 무, 물론 화를 내신 것 가지고 무어라 하는 것은 아닙니다. 저도 화가 나는데요, 무얼."
"잠시 주위를 살펴보고 오겠습니다. 쉬고 계십시오."
장삼은 말리지 못하겠다는 듯 아랫입술을 짓씹었다.
그동안 내내 생각해 온 것이 있는데 이러다가는 말할 기회도 놓치게 생겼다. 쇠뿔도 단김에 빼랬다고, 차라리 지금 말하는 게 나을 것 같다.
"저기, 대협! 가시는 것도 가시는 거지만, 상의드릴 일이 있습니다요."
소량은 아무런 말 없이 장삼을 돌아보았다.
"저번에 하신 말씀이 있지 않습니까? 왜, 무림대회가 예정대로 열린다는 말씀 말입니다."
"그렇습니다만……."
장삼이 잠시 머뭇대다가 이내 입을 열었다.
"그렇다면, 그때 관아에 발고를 하는 것은 어떨까요?"
"아니, 나서지 마십시오."
소량은 그의 말이 끝나기가 무섭게 고개를 저었다.
"예?"

소량이 그렇게 말할 줄은 몰랐다는 듯 장삼의 눈동자가 커졌다. 소량은 재차 고개를 저으며 중얼거렸다.
 "나서면 안 됩니다. 나서지 마십시오."
 도대체 왜일까.
 한마디, 한마디를 꺼낼 때마다 가슴이 욱신거렸다. 장삼의 놀란 눈동자를 마주하는 것이 죄스럽게 느껴져 더 이상 그를 바라보지도 못했다.
 "하지만 제 아이가 죽어갑니다요. 신도문주, 아니, 그 곽가 놈을 이렇게 둘 수는 없어요. 내 무지렁이라 잘 모르지만, 대명률이 있다는 것은 압니다."
 "관에서 말을 들을 것 같습니까?"
 "하지만 자식이 저 모양 저 꼴이 됐는데 이대로 두라는 말씀이십니까? 저는 그렇게는……."
 "나서지 말라고 하지 않았습니까!"
 소량이 고함을 버럭 질렀다.
 겁에 질린 장삼이 눈을 휘둥그레 뜬 채로 입을 꾹 다물자, 소량의 시선이 혼란스러워졌다. 왜 고함을 쳤는지 스스로도 자신을 이해할 수 없었다.
 죄책감으로 얼룩진 얼굴로 소량이 몸을 돌렸다.
 그렇게 몇 걸음이나 걸었을까.

"묻노니, 협이란 무엇인가?"

불현듯 도천존의 음성이 귓가를 울렸다.
소량이 조그맣게 읊조렸다.
"저는 모르겠습니다……."
유가의 대의는 안민(安民)과 안백성(安百姓)을 말한다. 백성들을 편안케 하는 것이야말로 정치이자 대의다.
하지만 대의는 시대마다 다른 옷을 입고 나타난다.
원(元)대에는 백성들을 괴롭히는 몽고 달자들을 물리치는 것이 대의였고, 정난변(靖難變) 때에는 황상의 눈을 가린 간신들을 척결하겠다는 것이 대의였다.
그렇다면 이 시대에 맞는 대의는 무엇인가.
'학문을 닦아, 조정에 들어 재상이 되면 뭐가 다를까.'
학문을 닦아 황궁에 들어가 권력을 쥐고, 법과 체제를 새로이 하여 백성들을 어질게 돌보는 것.
학문하는 이들이 꿈꾸는 것이 그것이다.
하지만 그래도 세상은 바뀌지 않는다.
공맹의 도리가 선 지 수천 년이 지났거늘 역사는 바뀐 것이 하나도 없다고 말한다.
'전란을 일으켜 새로이 천하를 연다 한들 뭐가 다를까.'
오히려 불길만 번지리라.

수많은 왕조가 명멸했으나 여전히 춘궁기가 되면 굶어 죽는 사람이 나오고 여전히 탐관오리가 나온다.

소량은 도천존이 말한 대의를 찾을 수 없었다.

'그렇다면 협객은 어떠한가?'

사마천의 사기(史記) 중, 유협열전(遊俠列傳)에 따르면 유협 주가(朱家)는 다른 사람의 위급함을 해결해 주고 자신의 사사로움은 버렸으며, 능력을 뽐내지 않고 덕을 자랑하지 않았다고 한다. 백성의 위급을 보면 국법을 넘어 검을 뽑는 것이 협객의 의(義)다.

하지만 권력이 상대라면 협객의 의는 무용지물이 된다.

당장 지금도 그렇다.

만약 신도문주를 소량 혼자만의 힘으로 제압한다 치자. 그 뒤를 지키는 관은 어찌할 것인가. 황상이 임명한 관리를 죽이고 반역의 죄를 뒤집어써야 하는가?

그러고 싶다.

혼자만의 몸이었다면 얼마든지 감수했으리라.

하지만 동생들이 있고, 할머니가 있다.

반역의 죄는 구족(九族)을 논한다.

"저는 모르겠어요."

소량의 목소리가 쓸쓸하게 사방에 울려 퍼졌다.

도천존의 말은 이제 화두가 아니라 심마였다.

그로부터 사흘 뒤, 장윤이 죽었다.

졸리다 칭얼거리면서도 제가 잘한다는 땅따먹기를 하며 아이들과 놀아주더니, 문득 잠이 들어 제 돌을 튕길 차례가 지났는데도 눈을 뜨지 못했다.

장삼이 절규하는 가운데 아이를 화장했다.

봉화처럼 연기가 올라갈 것을 알고 있었지만 소량은 아무런 말 없이 제단을 만들었다. 그 마른 뼈도 뼈라고 하루 종일 태운 후에야 시신이 재가 되었다.

장삼이 재에 얼굴을 묻으며 통곡하는 사이, 소량은 수줍게 웃던 장윤의 얼굴을 떠올렸다. 장윤은 미안하다는 말을 유언으로 남기며 늘 쥐고 다니던 돌멩이를 건네주었었다.

'네가 무엇이 미안하단 말이냐? 도대체 무엇이……'

시간은 그사이에도 쏜살같이 흘러가고 있었다.

2

눈 깜짝할 사이에 한 달의 시간이 흘러갔다. 곽채선에게, 그리고 신도문에게 있어서는 잊을 수 없는 시간들이었다.

가장 먼저 도착한 장가무관의 관주는 곽채선과의 오랜 대화 끝에 연맹의 초대 맹주로 그를 지지할 것을 천명했고, 그

다음으로 도착한 남도림 역시 마찬가지 선언을 했다. 선풍관에서 반대의사를 펼쳤으나 영향을 끼치지는 못했다.

신도문의 문도들은 가슴을 곧게 펴고 나전현을 활보했다. 연맹이 발족되면 신도문은 하남무림의 패자가 되는 것이다.

나전현의 백성들에게도 보름의 시간이 가진 의미는 컸다.

신도문은 아이들의 실종과 혈마곡의 습격에 대해 공식적으로 발표하겠다고 선언했고, 그 자리에는 나전현의 현령도 참석할 것이라 전했다. 신도문주를 의심하던 백성들이 점차 사라지고 그를 지지하는 백성들이 늘어났다.

그렇게 한 달이 지난 지금, 신도문은 안과 밖을 가릴 것 없이 기이한 흥분으로 들끓고 있었다.

"허허허."

각파의 제자들이 오와 열을 맞춰 사열한 모습을 신기하게 바라보던 나전현의 현령, 서운홍(徐運洪)이 헛헛한 미소를 지었다.

"백성들에게 직접 공표하겠다니, 문주께서 큰 결심을 해주셨소이다. 백성들을 이렇듯 따스하게 돌보니 신도문의 존재야말로 나전현의 홍복이라 할 수 있을 것이오."

무림에서는 이 사건을 신도문의 공적으로 볼 테지만, 관에서는 이것을 나전현령의 공적으로 여길 터였다.

나전현의 현령, 서운홍의 입이 귀에 닿을 듯 찢어졌다.

"사실은 현령인 내가 해야 할 일인데, 신도문에게 크게 빚을 지게 되었구려."

"허어! 서 대인의 눈에는 신도문만 보이시는 모양입니다."

장가무관의 관주, 장건교(張建矯)가 쩝쩝한 얼굴로 말하자, 서운홍이 은은하게 미소를 지으며 고개를 저었다.

"설마 그럴 리가 있겠소? 장가무관과 남도림, 선풍관도 마찬가지지요. 그대들이 있으니 이 나전현, 나아가 대별산 일대가 이처럼 평화로운 것일 것입니다."

말로는 금칠을 가득 해주는 서운홍이었지만, 태도만은 거만하기 짝이 없었다.

반면 각파의 문주들의 태도는 참으로 공손했다. 아무리 하남무림이 힘을 합쳐도 조정을 당해낼 수는 없는 것이다.

아니나 다를까, 장건교가 겸양의 말을 했다.

"그게 어디 우리의 덕택이겠소이까. 서 대인의 선정이 없었더라면 우리도 힘을 쓰지 못했을 것이오. 목민관은 곧 아버지와 같다 했는데, 과연 그 말이 옳더구려."

"내가 아비라면 그대들은 든든한 맏형이오. 부족한 관군 대신 각파가 나서 치안에 힘을 써주고 있지 않소이까. 이런 말은 민망하지만 덕택에 세가 평년의 삼 할이나 늘었다오."

흉년임에도 불구하고 세를 잔뜩 올린 서운홍이었다. 민란이 일어나도 이상하지 않을 수준이었지만, 신도문을 비롯한 각파가 나서서 백성들을 휘어잡으니 걱정할 것이 없다.

서운홍은 오히려 세를 더 올릴 계획을 가지고 있었다. 백성들 사이에 떠도는 소문은 결코 거짓이 아니었던 것이다.

'너희가 지금처럼만 해준다면… 내 중앙에 진출해서도 절대 잊지 않을 것이다.'

나전현의 치안이 안정되어 이대로 치부(致富)할 수만 있다면 중앙으로의 진출도 꿈이 아니다. 서운홍은 내심 신도문의 영향력을 더욱 키워줘야겠다고 생각했다.

서운홍이 그렇게 생각하는 사이, 각파의 문주들이 저들끼리 대화를 나누기 시작했다.

"그보다 혈마곡이 문제로구려. 아이들을 납치한 것으로도 모자라 신도문의 서도관을 날려 버리다니."

장건교가 말하자 남도림주 여관일(餘款溢)이 노기 어린 얼굴로 외쳤다.

"흥! 무림맹은 우리 하남무림을 얼마나 무시하기에 일을 이따위로 처리한단 말이오! 천하각지에 눈을 두고 세상을 지켜본다 자부하더니, 장님이나 다름이 없구려."

"쯧쯧, 무얼 모르시는군."

선풍관주 염우현(廉又玄)이 혀를 끌끌 찼다.

"혈마곡이 습격한 문파들은 곤륜과 화산, 남궁세가요. 그들이 신도문을 공격했다는 것은, 곧 신도문을 앞서의 세 문파와 같은 비중으로 보고 있다는 뜻이오."

선풍관주 염우현이 눈을 지그시 감았다.

그의 속내는 사실 대단히 복잡했다.

일찌감치 관아와 손을 잡았다면, 혈마곡은 신도문이 아니라 선풍관을 습격했을 것이다. 그것을 세상에 알려 무림지사들을 모은다면 신도문의 자리에 자신들이 있었을 수도 있었을 테고 말이다.

선풍관주 염우현이 은밀히 서운홍을 돌아보았다.

"어쨌든 일이 이렇게 되었으니 우리 하남무림은 하나로 뭉쳐 환란을 이겨내야 하오. 하남의 관과 무림과 상계가 하나로 뭉친다면 천하에 이기지 못할 일이 없을 것이오."

신도문만 서운홍과 친하게 지내라는 법이 어디 있는가! 선풍관도 함께 한다면 누이 좋고 매부 좋은 일이 될 것이다.

'듣자 하니 서 대인은 풍류를 즐긴다니 기루라도 하나 빌려봐야겠다.'

하남무림이 이처럼 뭉치게 되었으니 이득도 함께 나누어야 한다. 그러기 위해서는 현령과의 끈이 필요했다.

그 생각을 떠올린 것은 선풍관주뿐만이 아니었다.

남도림의 림주 여관일도, 장가무관의 관주 장건교도 '우리가 남이냐' 라는 생각을 하고 있었다.

"험, 험. 백성들이 밖에서 기다리고 있겠소이다."

대화가 단절된 틈을 타, 서운홍이 헛기침을 내뱉었다. 곽채선이 희미하게 미소를 지으며 고개를 끄덕였다.

"그래, 더 기다리게 해서는 아니 되겠지요. 소림의 고승께서도 와 계시니 말입니다."

곽채선이 조심스레 뒤를 돌아보았다. 뒤에는 소림의 각원 대사가 있었는데, 그는 처음부터 대화에 낄 생각이 없었는지 허허롭게 웃으며 조용히 서 있을 뿐이었다.

각원 대사를 수행하기 위해 온 다섯 명의 승려 역시 마찬가지, 함부로 입을 여는 일이 없이 조용하기만 하다.

승려의 옆에는 도사도 한 명 서 있었는데, 그가 바로 무당파의 장로인 청허 진인(淸虛眞人)이었다.

'흥! 하늘 밖의 하늘이라 그건가.'

곽채선은 내심 콧방귀를 뀌었다. 그들은 오직 그들끼리 대화를 나눌 뿐, 다른 이들과는 교분을 나누려 하지 않았다. 그 모습이 참을 수 없이 오만하게 보였다.

'하남연맹이 발족하면 이처럼 무시하지 못할 것이다.'

곽채선이 그렇게 생각할 즈음이었다.

그의 시선이 떠날 생각을 하지 않자 각원 대사가 불호를 읊조리며 반장을 해보았다.

"아미타불. 무슨 문제라도 있으시오?"

"아무 일도 아닙니다. 그저 너무 오래 기다리게 한 듯하여 그것이 죄송스러울 뿐입니다."

"허허, 노구라고는 하나 아직 다리가 튼튼하니 곽 문주께서는 염려치 않으셔도 되오. 배려에 감사할 뿐이외다."

"그럼……."

곽채선이 가볍게 목례를 해 보이고는 몸을 돌렸다.

"허어—"

각원 대사가 길게 한숨을 토해냈다.

'어째 시선이 곱지가 않구먼.'

신도문주가 천하에 드문 인품을 가진 협객이라 하여 내심 기대를 했는데 막상 보니 실망감이 적지 않다. 알게 모르게 섞인 적의도 그렇거니와, 담대하다기보다는 초조해하는 듯한 태도를 보아하니 성품도 넉넉지 못한 것 같다.

심지어 신도문의 분위기도 이상했다. 왜인지는 모르겠으나, 맞지 않는 가사를 걸친 것처럼 불편하기만 했다.

각원 대사의 오랜 벗, 청허 진인이 입을 열었다.

"본관이라는 서도관이 일순간에 무너졌다지 않나. 그래서 심기가 불편한 것일 테지. 설령 그게 아니라고 해도 그렇다 여길 수밖에 없고 말이야."

청허 진인은 취선(醉仙)이라는 별호가 붙을 만큼 술을 좋아하는 사람이었는데, 고요하고 침착한 성품을 가진 도사가 대다수인 무당파와는 어울리지 않게 화통하기로 이름이 높은 도인이었다.
 각원 대사가 허허롭게 웃음을 지었다.
 "자네 눈은 못 속이겠네. 내 생각을 어찌 그리 빨리 읽어낸단 말인가."
 "알고 지낸 세월이 얼만데."
 청허 진인이 못마땅한 얼굴로 수염을 쓰다듬으며 말했다.
 "뭐, 서도관이 무너진 것과 별개로 됨됨이가 좀 구질구질해 보이기는 한데… 강호의 소문은 본래 사실과 다른 법이지. 우리는 조용히 뒤에서 구경이나 하세. 하남연맹이 만들어지면 혈마곡과의 일전에서 큰 도움이 될 테니."
 바로 그 때문에 소림에서도 각자 배분의 승려들을 파견한 것이었다. 각원 대사는 알았다는 듯 고개를 끄덕이고는 공연히 어깨를 으쓱해 보였다.
 청허 진인이 수염을 쓰다듬으며 헛기침을 내뱉었다.
 "이제 나서려나 보이."
 청허 진인의 말이 끝나기 무섭게 곽채선이 턱 끝으로 신호를 보내었다. 그와 동시에 연무장 중앙에 있던 신도문의 문도들이 동시에 부복했고, 그 뒤를 따라 장가무관과 선풍관, 남도림의 문도들도 하나같이 무릎을 꿇었다.
 아직 공식적으로 발족되지는 않았지만, 이것은 사실상 하남연맹의 첫 번째 행사인 것이다.

오와 열을 맞추어 부복한 무인들 사이로 곽채선이 오만하게 걸음을 옮겼다. 서운홍과 각파의 문주들이 그 뒤를 쫓았다. 마치 무림맹의 맹주라도 된 듯한 흥분이 감돌았다.

그리 오래지 않아 신도문의 현문 앞에 당도한 곽채선이 가볍게 고개를 끄덕였다.

"현문을 열어라."

"존명!"

신도문도 한 명이 우렁차게 외치며 현문을 열어젖혔다.

현문 밖은 그야말로 가관이었다.

"나왔다, 나왔어!"

"쉿! 조용히 하라고!"

중통(中桶)이나 하촌의 백성들 수백 명이 염려와 근심이 섞인 얼굴로 서성이고 있었다. 신도문의 앞이 결코 좁지 않은 대로(大路)임에도 불구하고 발 디딜 틈이 하나도 없었다.

소란은 한동안 이어져 가라앉지 않았다.

"어흠, 험."

현문 앞에 마련된 단상 위로 걸음을 옮긴 곽채선이 장포를 툭툭 쳐 먼지를 털어내고는, 포권지례를 취해 보였다.

웅성거리던 백성들이 동시에 입을 다물었다. 사방이 바늘 떨어지는 소리가 들릴 만큼 고요해졌다.

잠시 뒤, 곽채선이 커다란 목소리로 외쳤다.

"신도문의 문주, 곽 모가 고하외다!"

곽채선이 은은한 미소를 지으며 백성들을 훑어보았다. 그는 내심 내기를 끌어올려 천애검협을 찾고 있었다.

'어디에 있느냐, 천애검협.'

곽채선의 눈에 기이한 안광이 일어났다. 백성들은 숨조차 제대로 쉬지 못하고 곽채선의 말을 기다렸다. 한동안 조용히 주위를 둘러보던 곽채선이 이내 우렁찬 목소리로 외쳤다.

"당금 이 자리에는 천하에 이름을 떨치는 무림지사들이 참석해 있소이다. 바로 장가무관의 관주, 장 대협과 남도림의 림주, 여 대협, 선풍관의 관주 염 대협이시오!"

곽채선이 소개하자 각파의 문주들이 포권을 해 보였다.

"또한 현령 서운홍, 서 대인께서 자리해 주시었소이다!"

곽채선은 곧이어 서운홍을 소개했다. 일어나 오만한 얼굴로 백성들을 돌아보던 서운홍이 다시금 자리에 앉자, 곽채선이 가볍게 발을 굴러 좌중의 주의를 환기시켰다.

"마지막으로, 소림의 고승이신 각원 대사와 무당파의 진인이신 청허 진인께서 찾아주셨소이다!"

"와아아!"

백성들의 입에서 환호성이 터져 나왔다.

소림의 생불에 더해 무당의 신선까지 뵙게 되었으니 참으로 운이 좋은 날인 것이다.

이번의 소란은 이전보다도 커서, 곽채선이 몇 번이나 헛기침을 내뱉었는 데도 쉬이 가라앉지 않았다. 곽채선은 아예 발을 크게 굴러 사람들의 이목을 불러일으켰다.

물론 그의 시선은 여전히 천애검협을 찾고 있었다.

'쥐새끼처럼 어디에 숨었느냐, 천애검협?'

기감까지 돋워 찾아봐도 천애검협의 모습은 보이지 않았다. 곽채선은 하는 수 없이 본론을 꺼내는 수밖에 없었다.

"다른 이야기를 꺼내기 전에……."

곽채선이 짐짓 말을 끌며 주위를 돌아보았다.

"본 문주는 몇 가지 오해를 풀려 하오! 이 곽 모는 혈마곡이라는 역적도당이 민심을 혼란케 하고 있다는 것을 잘 알고 있소이다! 그중에 이 곽 모에 관한 의심도 있지요!"

곽채선이 연설을 시작하자, 사방이 얼음물을 뒤집어쓴 것처럼 고요해졌다. 그 누구도 입을 여는 사람이 없었고, 함부로 몸을 움직이는 사람도 없었다. 시간이 정지한 듯한 고요 속에서 곽채선이 목청껏 고함을 질렀다.

"신도문이 관아와 각파의 도움을 받아 조사한 결과, 아이들의 실종은 화마라는 마인의 짓으로 밝혀졌소! 잘 모르시는 분들을 위해 부연하자면 그는 동남동녀의 정기를 갈취하는 마인으로, 혈마곡에 소속되어 있소이다!"

"시, 신도문주께서 의심을 받는 지금인데 그 말씀을 어찌

믿겠습니까?"
 백성들 틈에서 누군가가 쥐 죽어가는 목소리로 말했다. 워낙에 고요했던 고로 목소리는 사방에 울려 퍼졌다.
 곽채선은 날카로운 눈으로 말을 꺼낸 사내를 노려보았다. 입가에 미소가 걸려 있었으나, 그의 눈빛은 이전보다도 한층 더 흉흉해졌다.
 '건방진 놈이로다.'
 마공 탓에 쉽게 끓어오르는 살기를 애써 거두며, 곽채선은 헛헛한 미소를 지었다.
 "누가 말씀하셨는지는 모르겠으나, 옳은 말씀이시오. 이 곽 모가 그러한 일을 했다는 증거는 없지만 그러지 않았다는 증거도 없지요. 하여 이 곽 모는 이 자리에서 본인의 무죄를 증명하려 하오. 첫 번째 증거는, 신도문의 상징인 서도관이 무너진 일이오!"
 곽채선은 신도문의 문주인 자신이 자문파의 심장부인 서도관을 무너뜨릴 리는 없지 않겠냐며, 그것이 바로 누군가의 습격이 있었다는 증거가 아니겠냐고 설명해 나갔다.
 "서도관이 무너진 이후로 본 문주는 아이들의 실종을 조사했고, 그 결과 감춰진 진실들을 알게 되었소이다! 참혹한 일이나, 그 증거로 시신 한 구를 공개하려 하오!"
 곽채선이 턱짓을 하자 수하 한 명이 묵직해 보이는 보자기를 가져왔다. 그는 곽채선과 각파의 문주들, 그리고 서운홍에게 목례를 하고는 보자기를 열어젖혔다.

"헉!"

"저게 무엇이란 말인가!"

백성들이 동시에 헛숨을 들이켰다.

보자기 안에는 목내이나 다름없게 변해 버린 여아의 시신이 들어 있었던 것이다.

"이것은 서쪽 야산의 공동에서 발견한 것으로 실종된 아이 중 하나라고 추측되는 시신이오! 서쪽 야산에 있는 흔적들은 조사 중이나, 원한다면 공개할 수도 있소이다. 그 안에 본 문주의 흔적이라고는 없으니 이것 역시 증거라 할 수 있겠소! 이는 서 대인께서도 증언해 주실 것이외다!"

곽채선이 서운홍을 흘끗 돌아보자, 그가 자리에서 일어나 가볍게 고개를 끄덕였다. 백성들이 서로를 돌아보며 무어라고 떠들어대기 시작했다.

백성들 틈에는 소량도 섞여 있었다.

'혀에 기름을 발랐구나, 신도문주.'

소량은 시선을 돌려 이번엔 서운홍의 얼굴을 물끄러미 바라보았다. 확신할 수는 없지만, 그가 곽채선의 이면을 알면서도 모른 체하는 것일지도 모르겠다는 생각이 들었다.

관은 여태껏 조사에 착수하는 시늉만 했을 뿐 직접적으로 나서지 않았던 것이다.

'드러나지 않을 때에는 모른 척 있다가 사건이 밝혀지니 적극적으로 신도문을 두둔한다. 조정의 관리라는 자가 어찌 저럴 수 있단 말인가.'

소량은 눈을 질끈 감고는 몸을 돌렸다. 곽채선은 자신에게 의심이 쏟아지기 전에 먼저 명분을 얻고자 하고 있었다. 관의 신임을 얻었으니 나름 성공한 셈이었다.

'지금으로서는… 아무것도 할 수가 없다.'

법과 체제를, 권력을 칼로 삼아 싸우는 자들이었다.

그들의 칼을 막아낼 자신이 없었다. 아니, 가능성조차 보이지 않는다고 말해야 옳으리라.

그것은 몹시 이율배반적인 감정이었다.

가슴으로는 옳음을 알면서도 머리가 불가능하다 막는다. 태허일기공을 일으켜 마음을 다스리려 했지만, 두 개로 쪼개진 의지 탓에 오히려 혼란만 가중되었을 뿐이었다.

태허일기공이 흔들리자 문득 현기증이 일었다.

그때, 소량이 전혀 예상치 못한 일이 벌어졌다.

"발고할 것이 있습니다요, 현령님! 발고할 것이 있어요!"

백성들 틈에 숨어 있던 장삼이 고함을 질러댔다. 그 옆에는 왕소삼과 염소희가 서서 불안한 듯 눈을 굴리고 있었다.

"저 도적놈 말씀을 믿으시면 아니 됩니다요! 바로 저놈이 우리 자식들을 잡아먹은 놈인 것을요!"

소량이 믿을 수 없다는 듯 눈을 휘둥그레 떴다.

'저, 절대 나서지 말라 했거늘! 도대체 언제……!'

혹여 나섰다가는 살인멸구를 당할지 모른다고 경고했다. 지방 유지인 신도문과 관은 이미 한통속이니 절대로 믿어서는 아니 된다 말했다. 싸워도 이길 가망성이 없다고 말했다.

하지만 그들은 포기하지 않았다. 세상이 제대로 돌아간다면 관이 가만히 있지 않을 것이라는 순진한 믿음 탓이었다. 알고 보면 세상은 그들을 보호할 능력도 의지도 없는데.

"내 아이, 죽은 아윤이 증인입니다! 아이들은 바로 서도관 밑에 잡혀 있었단 말입니다! 현령님, 진짜입니다요, 진짜예요."

울분이 치솟아오르는지, 장삼이 말을 하다 말고 울음을 터뜨렸다. 사람들이 호기심 어린 눈으로 장삼을 바라보았다. 장삼과 염소희, 왕소삼 사이로 둥근 원이 생겨났다.

"조사만이라도 해주십시오, 그러면 진실이 곧 드러날 것입니다!"

장삼이 애원하듯 말하자, 서운홍이 천천히 자리에서 일어났다. 장삼이 희망에 가득 찬 눈으로 그를 바라보았다.

마침내 서운홍이 입을 열었다.

"순박한 백성들을 선동한 자가 누구인지 이제야 밝혀졌구

나. 신도문은 혈마곡으로부터 우리 나전현을 보호해 주는 곳인데 너는 무슨 소리를 하는 게냐?"

장삼이 믿을 수 없다는 듯 눈을 크게 떴다.

"아닙니다. 신도문과 현령께서 남다른 친분이 있으시니 속으신……."

그 말이 결정적이었다.

"닥쳐라! 나는 공정하려 애를 쓰는데 너는 무슨 헛소리를 지껄이는 게냐?"

서운홍이 버럭 고함을 지르며 크게 발을 구르더니, 노기로 인해 부르르 떨리는 손으로 장삼을 가리켰다.

"당장 저놈을 포박하라!"

"예!"

서운홍의 뒤쪽에 있던 관졸들 일곱 명이 우렁차게 외치고는 사람들을 헤치며 장삼과 염소희, 왕소삼에게로 달려왔다. 밀려난 사람들이 비명을 지르며 넘어졌다.

"꺄아악!"

"비켜라, 이놈들! 같이 체포되고 싶은 게냐?"

관졸이 우렁차게 외치자 사람들이 썰물처럼 흩어졌다.

장삼은 넋이 나간 얼굴로 현령에게 '발고하겠습니다요, 발고하겠습니다요' 라고 외치다가 이제는 주위를 바라보며 제발 자신의 말을 들어달라고 빌고 있었다.

협(俠)과 대의(大義) 67

"내 말을 들어주… 어이쿠!"

어느새 달려온 관졸이 장삼을 발로 걷어찼다. 관원에게 머리채를 휘어 잡힌 염소희가 비명을 질렀고, 왕소삼은 도망치려다가 잡혀 자신은 상관이 없다고 싹싹 빌어댔다.

"저는 아닙니다! 으헉! 사, 살려주십쇼!"

소량은 혼란스러운 시선으로 아비규환처럼 변해 버린 장내를 바라보았다.

'일단, 일단 막아야 해.'

이대로라면 저들은 옥사로 끌려가 곤욕을 치르게 될 터였다. 머지않아 곽채선은 살인멸구를 계획할 테고, 저들은 언제 죽는지도 모르게 죽음을 맞게 될 터였다.

소량이 부들부들 떨리는 손으로 허리춤에서 철검을 쥐어 들 때였다. 누군가가 소량의 소매를 잡았다.

"가지 말게, 가봐야 할 수 있는 게 없으이."

고개를 돌려보니 어느 촌로(村老) 한 명이 걱정스러운 얼굴로 고개를 젓는 것이 보였다. 애먼 목숨 하나가 날아가는구나 싶어서 소량의 옷자락을 잡은 것이다.

"우리 같은 사람이 덤벼봐야 이길 리가 있나?"

소량은 자신의 머릿속에 번개가 치는 것 같다고 생각했다. 노인의 눈, 그 시선에 담긴 감정이 너무도 익숙했다.

노인의 눈은 바로 자신의 눈과 같았다.

"세상이 다 그런 게지, 쯧쯧."

소량은 지독한 현기증을 느꼈다. 귀에서는 이명이 느껴졌고, 시야는 술에 취한 것 마냥 어지러워졌다.

'세상이 다 그런 거라고?'

소량은 멍한 표정으로 주위를 둘러보았다.

백성들은 애써 장삼을 외면하고 있었다. 개중에는 무관심한 사람도 있었고 호기심 어린 표정을 하는 사람도 있었다.

오불관언(吾不關焉)이라!

사람들은 자신의 일을 신경 쓸 뿐 타인의 일을 돌보지 않는다. '나서봐야 얻는 것도 없을뿐더러, 나서도 어쩔 수가 없다. 세상이 다 그런 거다' 라는 자포자기의 심정.

서글프게도 소량은 그들을 이해했다.

바로 자신이 그랬으므로.

'정말 그러한가?'

소량이 고개를 숙여 자신의 손바닥을 내려다보았다. 손에는 장윤이 마지막으로 남긴 돌멩이가 놓여 있었다. 그 돌멩이가 천 근 바위보다도 무겁게 느껴졌다.

소량의 살기에 겁을 집어먹고 도망을 친 이후로 장윤은 내내 시무룩했다. 죽음에 이르러 시야마저 흐릿해졌을 때, 장윤은 돌멩이를 건네며 미안하다는 말을 남겼다.

"도망쳐서 미안해요. 다들 겁을 먹고 도망가서 쓸쓸했지요? 대신 이거 줄게요."

그 순간, 소량의 머릿속이 폭발했다.
협이 무엇이기에! 대의가 무엇이기에!
'정말 아무것도 할 수 있는 일이 없던가?'
아니, 할 수 있는 일이 없는 것이 아니었다. 그저 싸우기도 전에 패배한 무인이 있을 뿐이었다. 소량의 마음이 움직이자 태허일기공이 한가득 일어났다.
'이제야 알겠다. 나는 선택을 해야 하는 것이로구나.'
몸을 부르르 떨던 소량이 눈을 질끈 감았다.
아무리 손을 뻗어도 부조리한 세상을 바꿀 수 없었던 도천존은 결국 포기를 배우고 말았다. 할 수 있는 일은 점점 적어졌고, 마침내는 의욕마저 사라져 버렸다.
때문에 소량에게 짐을 넘겼다.
나는 실패했지만, 너는 대의를 찾을 수 있겠느냐고. 세상을 더 나은 곳으로 바꿀 수 있겠느냐고.
소량은 대의를 찾지 못했다.
대신, 협객(俠客)이 되었다.
'단 대협. 제게 협이란 무엇인지 여쭈셨지요?'
소량이 눈을 뜨자 신광이 번쩍였다.

'협객이 있다면, 틀림없이 아파하는 사람일 것입니다.'

백성들의 아픔을 같이 아파할 수 있는 사람, 그들의 기쁨을 같이 기뻐할 수 있는 사람. 아무 연관도 없는 자신들을 손자로 여겼던 할머니처럼…….

그들을 사랑할 수 있는 사람.

'이제는 두렵지 않아.'

스르륵—

소량이 한 걸음을 움직이자 촌로가 잡고 있던 옷자락이 살아 움직이는 것 마냥 그의 손을 벗어났다.

촌로의 눈이 휘둥그레 커졌다.

"헉! 옷이 어찌……?"

그 순간, 소량의 신형이 안개처럼 사라졌다.

第三章
그렇다면, 간다

천애협로

1

　나전현의 관졸, 유목진(油穆進)의 표정은 흥분으로 붉게 달아올라 있었다. 그렇지 않아도 소문의 진원지를 찾으라는 현령의 명령을 제대로 수행하지 못해 욕을 먹고 있던 참이었다. 이제 만백성이 모인 곳에서 사단이 나기까지 했으니 제대로 수습하지 못하면 크게 치도곤을 당하게 되리라.
　"이 개자식! 이래도 끌려오지 않겠다는 말이냐!"
　장삼이 끌려가지 않으려 발악을 하자 유목진이 우렁차게 외치며 몽둥이를 들어 올렸다. 그는 아예 장삼을 기절시킬 요량으로 힘껏 몽둥이를 휘둘렀다.

"어디 한번 보… 헉?"

유목진이 화들짝 놀라 뒤로 물러났다.

분명히 좌우에 아무것도 없었는데, 어디선가 손 하나가 튀어나오더니 몽둥이를 가로막은 것이다.

텅—

손은 부드럽게 몽둥이를 감싸 쥐더니 가볍게 장심을 내밀어 튕겨냈다. 유목진은 그 여린 손놀림을 이기지 못하고 뒤로 세 걸음이나 물러나고 말았다.

"웬, 웬 놈이냐?"

유목진이 장삼을 가로막고 선 청년, 소량을 바라보며 더듬더듬 되물었다. 고요한 호수처럼 맑은 눈을 한 청년이었는데 그 안에 실린 기이한 기세가 유목진을 옭아맸다.

상석에 앉아 있던 곽채선이 섬뜩한 미소를 지었다. 인세에 보기 드문 협객이라더니, 과연 백성의 위급을 보아 넘기지 못하고 죽을 자리를 찾아 나서고 만 것이다.

'드디어 나타났구나, 진소량.'

곽채선이 빠르게 화마가 자리한 서쪽으로 시선을 돌렸다. 화마와 시선이 마주치자마자 곽채선이 입술을 달싹였다.

[스승께서 나서실 차례입니다.]

[글쎄…….]

하지만 이상하게도 화마는 조금도 움직이지 않았다. 그저 실소를 지은 얼굴로 어깨만 으쓱해 보일 뿐이었다.

[나서지 않으시겠다는 뜻입니까?]

곽채선의 얼굴이 구겨져 갈 때였다.

"지금부터 한 발짝도……."

소량이 내력을 가득 끌어올려 용천혈로 쏘아 보냈다. 언젠가 도천존이 행했던 것처럼 말이다. 느릿하던 소량의 목소리가 마치 한순간에 폭발하는 것처럼 고함으로 바뀌었다.

"움직이지 마라!"

쿠웅—!

진각이라!

굉음이 울려 퍼지는가 싶더니, 땅이 마치 물결마냥 일렁거렸다. 반경 삼 장에도 이르지 못했지만, 소량 또래의 무위로 보기엔 너무나도 뛰어난 재주였다.

"으헉?"

"세, 세상에!"

지진이라도 난 듯 땅이 흔들리자, 관졸들을 포함한 부근의 백성들이 엉덩방아를 찧으며 주저앉았다. 소량을 제외하면 반경 삼 장 내에 서 있는 사람이 없었다.

"어떻게……."

누군가의 중얼거림을 끝으로 싸늘한 침묵이 감돌았다.

오롯이 선 소량이 조용히 시선을 돌렸다. 장삼이 흙바닥에 얼굴을 비비며 통곡하고 있었다.

소량은 서글픈 시선으로 그를 보며 말했다.

"오지 말라고 하지 않았습니까?"

"죄송합니다요, 대협. 하지만 제가 죽더라도… 그렇더라도 나설 수밖에 없었습니다요!"

만신창이가 되어버린 장삼이었지만, 그는 자신의 상태보다도 자식을 먼저 떠올렸다.

장삼이 비명처럼 외치며 몸부림쳤다.

"내 새끼 일인데, 내 새끼가 죽었는데!"

소량이 슬픈 표정으로 고개를 끄덕였다.

문득 머릿속에 묵가가 떠올랐다. 중과부적임을 알면서도, 백성들을 위해 목숨을 도외시하고 나섰던 그들.

'내게도 아직 검이 남아 있다. 세상 전부를 바꿀 수는 없을지 모르겠으나…….'

적어도 이들을 위해 싸울 수는 있다.

묵수(墨守).

아니, 묵공(墨攻)이라!

"나 역시 발고하겠다!"

불문의 사자후인가, 아니면 무가의 창룡후인가!

소량의 목소리는 너무나도 거대했다.

일찍이 이러한 경우를 겪어보지 못했던 서운홍이 두려움에 질린 얼굴로 곽채선을 바라보았다.

하지만 곽채선은 서쪽을 바라볼 뿐 아무런 말도 없었다. 서운홍은 곽채선 대신 선풍관주 염우현을 바라보았다.

"흐음."

염우현이 기회가 왔다는 듯 미소를 지었다. 이제 신도문과 더불어 선풍관도 빛을 볼 때가 온 것이다.

염우현이 헛기침을 몇 번 내뱉고는 소량에게 말했다.

"그대는 이곳이 어디라고 감히 이와 같은 악행을 저지른단 말인가? 무림에 든 자가 함부로 관졸을 상케 하였으니 이는 관아는 물론, 우리 하남연맹까지 무시한 처사가 아닌가!"

단 한 번의 진각으로 반경 삼 장을 뒤흔든 것이야 놀랄 만한 무위였지만, 그쯤은 염우현 자신도 할 수 있다.

자신 역시 검기상인의 경지에 이른 고수, 내력의 소모가 크긴 할 테지만 못할 것도 없는 것이다.

'무력시위를 하는 것은 좋지만, 애송이답게 앞뒤 가릴 줄 모르는구나. 강호에 삼 할은 감추고 칠 할만 보이라는 격언이 괜히 있는 줄 아느냐? 네가 어미 뱃속부터 무학을 익히고 나오지 않은 이상, 이제 내력이 달릴 것이 분명하다.'

자신의 추측이 옳다면, 그를 제압하는 것만으로 나전현령 서운홍에게 깊은 인상을 남길 수가 있다. 염우현은 뜻밖의 수확이 기뻐 입이 찢어져라 웃었다.

'하지만 채찍과 당근은 늘 함께해야 하는 법이지.'

염우현이 짐짓 헛기침을 내뱉었다.

"보아하니 전후사정을 추측치 못하고 백성들이 가엾다 나선 것 같은데, 무림의 선배들 앞에서 어찌 이리 경망되게 군단 말인가! 젊은 나이에 그만한 무위를 보이는 것으로 보아 무명소졸은 아닐 터, 이름과 사승을 밝히고 절차를 밟는 것이 순리일 것이다."

노회한 강호인답게, 염우현은 앞서의 엄중한 어조와 달리 순후한 어조로 말을 맺었다.

저만한 무위를 가진 자라면 그 사승이 어떠한지 알아봐야 훗날의 화를 피할 수 있다. 아무리 애송이라 한들, 뒷배가 튼튼하다면 낭패를 보는 것은 이쪽인 것이다.

소량이 허탈한 듯 웃음을 지었다. 이제는 무림인들의 생리를 어느 정도 짐작할 수 있었다.

"나 역시 일개 백성일 뿐인데 어찌하여 이름을 묻는단 말이오?"

"일개 백성이라?"

소량이 말하자 염우현이 얼굴을 구겼다. 내용보다 말투가

참을 수 없이 거슬린다. 반말이라니! 아무리 재주가 뛰어나다 하나 결국 천둥벌거숭이가 아닌가?

"일개 백성이라면 더더욱 문제로구나! 사특한 소문을 내는 자들을 엄히 단속하지 않으면 천하가 흔들린다는 것을 정녕 모른단 말인가?"

곽채선이 정말로 혈마곡과 연관이 있을 줄은 몰랐기에, 염우현은 지금의 상황을 그저 천둥벌거숭이가 벌이는 소란쯤으로만 생각하고 있었다.

"사특한 소문?"

소량이 이를 질끈 깨물었다.

"무엇이 사특한 소문이요? 동남동녀를 간살하고, 그 정기를 흡취한 자가 그대들 중에 있음을 밝힌 것이? 그대들이 정도를 표방하되 뒤로는 백성들을 쥐어짜고 있다는 것이?"

그동안 수도 없이 흔들려 왔던 소량이었지만, 한 번 마음을 정한 이상 더 이상 흔들리지 않았다. 마음이 일어나자 절로 태허일기공이 일어나 소량의 목소리에 실렸다.

마침내 좌중이 술렁거리기 시작했다.

단 한 번의 진각으로 땅을 흔든 무인이 하는 말인지라, 신빙성은 둘째치고 집중하지 않을 수가 없는 것이다.

"놈!"

염우현의 얼굴이 붉으락푸르락해졌다.

하남연맹이 결성되어 처음으로 선을 보이는 자리다. 첫 발자국을 떼는 일에 소란이 생긴 것만 해도 속이 뒤틀릴 지경인데 터무니없는 누명까지 쓰게 되었으니, 앞으로 강호 동도들을 어찌 볼 것인가!

'무학보다 말이 더 무서운 세상이니, 일단은 소란부터 잠재워야 한다.'

사람들의 시선이 따가워지는 것을 느낀 염우현이 이를 뿌드득 갈았다.

"젊은 치기에 함부로 나섰다는 것을 스스로도 알 터인데… 좋다! 여기 계신 현령과 더불어 각 문파의 문주들이 직접 나서서 그대가 헛된 소문에 현혹되고 있음을 알려주마! 하지만 이곳은 하남연맹의 결성을 축하하는 자리이니 그대는 더 이상 무례를 저지르지 말고 관아에 들라."

"흉년에도 구휼미를 풀기는커녕 오히려 세를 올려 백성들의 삶이 피폐해졌거니와, 백성이 발고하였는데도 조사는커녕 관졸을 부르는 꼴을 보았는데 어찌 관아에 들겠소!"

나전현의 백성이 가득 몰려 있는 자리에서 욕을 먹자 서운홍의 얼굴이 붉게 달아올랐다. 그는 빨리 처리하지 않고 뭐하느냐는 의미로 염우현을 바라보며 헛기침을 내뱉었다.

"험, 험."

염우현의 얼굴이 붉으락푸르락해졌다. 이대로라면 현령의

신임을 얻기는커녕, 도리어 미움을 사게 생긴 것이다.

"하! 어디서 이런 망종이 나왔단 말인가! 무학이 높다는 이유로 강호의 도의조차 무시한다면 세상이 어떻게 되겠는가? 절차를 무시하고 막무가내로 구는 것으로 보아 정파가 아님이 분명할 터! 네가 무학만을 믿고 이처럼 무례하니, 내 직접 견식해 보리라!"

고리타분할지언정 절차와 순리를 따르는 것이 정도라면, 제 힘만을 믿고 멋대로 구는 것은 사도에 가깝다.

소량의 행동을 여태 본 무인들의 눈빛이 달라졌다.

그 순간, 염우현이 앞으로 쏘아졌다. 한 걸음에 근 일 장씩을 뛰어넘은 염우현이 크게 공중으로 솟구치는가 싶더니 이내 그의 각법이 허공을 춤추었다.

선풍십이각(仙風十二脚)이라!

어디서 불어오는지도 모를 정도로 수많은 바람이 소량에게로 불었다. 소량이 피할 생각도 하지 못한 채 무심히 서서 그를 바라보고만 있었다. 눈빛이 마음에 걸리긴 했지만, 염우현은 자신의 승리를 믿어 의심치 않았다.

'흥! 어차피 내력이 부족할 테지. 이 기회에 최대한 빨리 제압하고 현령에게 눈도장을… 헉?'

선풍십이각의 허초는 진초와 같아 알아볼 수 있는 자가 없다는 전설이 있는데, 소량은 아무렇지도 않게 허초를 피해 염우현의 발을 턱 하니 잡아갔다.

'눈 하나는 기가 막힌 놈이로다!'

염우현이 소량의 손에 잡힌 발을 축으로 몸을 반절이나 뒤집으며 다른 발로 재차 각법을 날렸다. 하지만 각법이 날아가기도 전에, 빛살보다 빠르게 무언가가 단전으로 날아오는 것이 보였다.

콰앙—!

어디선가 굉음이 울려 퍼졌다. 세상에서 오직 염우현만이 들을 수 있는 소리였다. 단전이 깨어지지 않은 것이 다행이다 싶을 정도의 충격은 그 이후에 밀려들었다.

"크허억!"

염우현이 날아왔던 것만큼이나 빠르게 뒤로 튕겨났다. 입가에서 선혈이 튀어나와 바닥을 물들였다. 쿵 소리와 함께 바닥에 널브러진 염우현이 연신 기침을 토해냈다.

"쿨럭, 쿨럭!"

"오행권(五行拳)? 남다른 재주가 있는 놈이로구나!"

이번에는 장가무관의 관주, 장건교가 나섰다.

연맹의 태상 중 하나가 되어야 할 염우현이 일수에 패하고 말았으니 이제 하남연맹의 체면은 바닥에 떨어지게 생겼다. 어떻게든 상대를 제압하지 않으면 크게 낭패를 보게 되는 것이다.

쐐애액—

장가도라면 하남에서 무시할 수 있는 자가 없다고 했다. 언젠가 신도문을 능가하고 말겠다는 생각으로 누구도 모르게 절치부심해 왔던 장건교는 시작부터 가진바 내력을 모두 끌어내고 있었다.

그 무위도 무위지만, 그의 도법이 염우현과는 비교도 할 수 없을 정도로 정교한 고로, 소량은 잇소리를 내며 검을 뽑아들고 말았다.

곧 장건교의 도와 소량의 검이 거미줄처럼 얽혀들었다.

쇠가 부딪치는 소리가 몇 번이나 들렸을까.

"흐압!"

장건교의 입에서 커다란 기합이 들리는가 싶더니, 그의 도가 저절로 울기 시작했다. 잠시 뒤 마침내 그의 검에서 빛살이 뿜어져 나왔다.

"헉! 검기!"

"장가도를 빼고는 하남무림을 논해서는 안 된다더니, 과연 명불허전이로구나!"

백성들 틈에 있던 무인들이 탄성을 터뜨렸다.

하지만 검격과 도격이 이어질수록, 장건교의 표정은 어두워져만 갔다. 너무나 차가워서 오히려 섬뜩하게 느껴지는 소량의 눈빛도 그렇거니와, 그의 손에서 펼쳐지는 오행검의 검로도 매섭기만 하다. 장건교는 침이 마르는 기분을 느꼈다.

'도대체 이놈은 누구이기에 도기가 실린 나의 도를 아무렇지도 않게 받아낸단 말인가! 조금 전의 진각으로 보아 이쯤 되면 내력이 떨어져야 정상이거늘!'

채채챙—!

겉으로 보기엔 자신의 공세였지만, 그는 지금이 고착상태일 뿐 결코 우위에 선 것이 아니라는 사실을 잘 알고 있었다.

그것은 소량도 마찬가지였다.

바로 뒤에 곽채선이 있다. 그의 무학을 겪어본 바, 지금 내력을 아끼지 않고는 후에 그를 상대할 수가 없다.

소량의 검로가 스르르 변하기 시작했다. 과거 살호장군 마유필을 상대할 때처럼, 혹은 언젠가 소량 본인을 암습했던 잔혈마도 이곽의 사사도법처럼.

"놈!"

장건교의 눈이 휘둥그레 커졌다. 갑자기 상대의 힘이 쭈욱 빠진다 싶더니, 무당파에나 있다는 고명한 수법처럼 자신의 경력을 자신에게로 되돌려주기 시작하는 것이다. 그 사이사이에 뱀처럼 검이 머리를 드니 도저히 안심할 수가 없다.

장건교나 염우현은 짐작하지 못했지만 마지막 남은 한 문파, 남도림의 림주인 여관일은 소량의 검이 무슨 수법인지 알고 있었다. 한때 잔혈마도를 먼발치에서나마 본 적이 있었던 것이다.

"잔혈마도의 사사도법! 네놈은 마인이로구나! 하남연맹이 그렇게 무섭더냐?"

마침내 여관일까지 끼어들었다. 소량으로서는 장건교와 여관일을 동시에 상대하게 된 것이다.

파파팍—!

여관일의 도는 낭인의 도로, 하나같이 살초가 아닌 것이 없었다. 그것으로도 모자란지, 내상을 어느 정도 수습한 염우현마저 합공에 참여하고 말았다.

그 모습을 보던 주변의 무인들은 경탄을 금치 못했다.

"허! 어찌 저 나이에 세 명의 합공을……."

비록 사파처럼 막무가내로 굴긴 했지만, 하남연맹의 고수들을 앞에 두고 한 치도 물러서지 않는 기개를 보여주었다. 세 명의 고수와 상대하면서도 지친 기색 하나 없으니, 무학 역시 뛰어나다.

"효웅인지, 영웅인지는 모르겠으나 대단하구나."

"그래, 그렇지."

말로는 효웅과 영웅을 따지지만, 사람들은 내심 그가 효웅은 아닐 것이라 짐작하고 있었다. 마인의 행사는 오직 은밀할 뿐 저처럼 당당하지 않다. 뒤에서 암습을 하는 것이 마인에게는 더 맞는 방식인 것이다.

곽채선은 무인들의 시선이 호의적으로 변하는 것이 마음에 들지 않았다.

[스승께서는 정녕 나서지 않으시려는 참입니까?]

빙글빙글 웃을 뿐 아무런 말이 없던 화마에게서 전음성이 들려왔다.

[아예 네가 한번 해보렴. 속전속결이라면 네 정체가 드러나기 전에 그를 죽일 수도 있지 않겠느냐?]

곽채선이 눈을 질끈 감았다.

[스승께서는 도대체 무슨 생각을 하시는 것입니까?]

[저자의 무학을 더 견식하고 싶은 생각이다. 너는 저자의 공력을 보고도 떠오르는 것이 없느냐?]

곽채선의 눈이 가늘어졌다. 그렇지 않아도 소량을 보면 볼수록 가슴 어딘가가 답답해지는 기분이었다. 소량의 태허일기공은 마인들에게 있어 상극이나 다름없는 것이었다.

[하나 그렇게 되면 대업이 망가집니다.]

[혈마곡의 일이 대업이냐, 하남연맹의 결성이 대업이냐?]

화마가 이전에는 없던 차가운 어조로 되물었다. 곽채선은 더 이상 전음을 보내지 못하고 입을 다물 수밖에 없었다. 차마 하남연맹의 결성이라고는 대답할 수 없었던 것이다.

바로 그 순간, 상황이 급변했다.

소량의 검에서 이변이 일어난 것이다.

'이대로라면 내력의 소진이 크다.'

장건교도, 여관일도, 염우현도 내력을 아껴가며 싸울 상대는 아니었다. 이대로라면 내력을 아끼려다가 오히려 더 많이 소진하는 결과를 가져올 터였다.

소량의 검이 떨리는가 싶더니 마침내 검기가 일어났다.

"허! 검기라니!"

무인들의 눈이 휘둥그레 커졌다. 지금까지 보여준 무위만도 놀라울 지경이거늘, 검기까지 펼칠 줄이야!

채채챙—!

내력을 한껏 끌어 쓴 소량의 검로는 그야말로 무시무시한 것이었다. 게다가 이상하게도 소량의 검과 마주칠수록 여관일과 장건교, 염우현은 기묘한 흡인력을 느꼈다.

'도대체 이게 무슨!'

장건교가 그렇게 생각할 때였다.

쿠웅!

소량이 크게 진각을 밟자 대지가 거미줄처럼 쩌저적 갈라졌다. 그 순간, 소량의 검기가 도기가 배어든 장건교의 도를 반으로 갈라 버렸다.

"쿨럭!"

도에 이질스러운 내력이 끼어들자 장건교가 뒷걸음질을 치다가 주저앉고 말았다. 장건교가 눈을 휘둥그레 뜬 채 소량을 바라볼 즈음, 이번에는 여관일이 피를 쏟으며 뒤로 튕겨났다. 소량의 화검세를 겨우 막아내던 여관일의 단전에 육합권 중 첩신고타의 초식이 쏟아진 것이다.

여관일은 이 장여나 날아가 바닥에 처박혔다.

콰앙!

"나, 나는… 네, 네놈은……!"

마지막으로 남은 염우현이 주춤주춤 뒤로 물러났다.

장내가 바늘 떨어지는 소리가 들릴 정도로 고요해졌다.

세 명의 고수와 맞붙었거늘 서 있는 것은 오히려 청년, 소량이었다. 마치 격전이라고는 없었던 것처럼 담담히 서 있는 소량의 모습에 중인들은 오히려 위압감을 느꼈다.

고요히 서 있던 소량이 길게 숨을 토해냈다.

"후우―"

그 순간, 바람이 불어와 소량 주위를 맴돌았다.

마치 땀을 식혀주려는 산들바람처럼 가볍게, 너무나도 미약해서 아무도 모를 만큼 느리게.

염우현은 그것이 우연이 아닐지도 모른다고 생각했다.

'바람이 설마 저놈에게서 나온 것인가?'

만약 그렇다면 사람이 아니라 신선이라 불러야 옳다.

휘이잉—

다시 바람이 불어올 때였다. 조용히 서서 숨을 고르는가 싶던 소량이 조그맣게 중얼거렸다.

"네가 잡아먹은 아이는 평범한 아이였어."

사방이 고요한 탓일까.

좌중에 소량의 목소리를 듣지 못한 사람이 없었다.

"해질녘까지 혼자 놀면서 아버지를 기다렸지. 아버지가 오는 게 기뻐서 늦게 왔다는 투정도 부리지 않았어. 납치되기 전에 아버지에게 목마를 깎아달라 조른 게 미안해서, 동굴에서도 매번 미안해했지. 그리고 내게도……."

소량이 말을 하다 말고 아랫입술을 짓씹었다.

자신에게 남긴 말도 미안하다는 말이었다.

홀로 남겨두고 도망쳐서 미안하다는 말.

아프고 아파서, 소량의 눈에 눈물이 한 방울 고였다. 하지만 그 마음과는 달리, 소량의 음성은 너무나 차가웠다.

"와라, 네 차례다."

소량이 고개를 들고 곽채선을 노려보았다.

그 눈에는 섬뜩한 불길이 타오르고 있었다.

2

처음부터 소림의 각원 대사는 나설 생각이 없었다. 주인이 있는데 객이 나설 수는 없는데다, 하남연맹의 힘이면 눈 깜짝할 새에 소량을 제압할 수 있으리라 여겼기 때문이었다.

다만 위축됨 없이 당당한 소량의 모습이 마음에 들어 그가 잡히거든 몰래라도 그를 빼와야겠다고 생각했을 뿐이었다.

세 명의 고수가 제압당한 지금도 각원 대사는 나설 수가 없었다. 그 대신 무당의 청허 진인이 앞으로 나섰다.

"이대로는 안 되겠네. 마음에 들지 않는 자들이라 해도 하남연맹의 힘은 필요해."

"잠깐."

각원 대사가 나서려는 청허 진인을 가로막았다. 그의 시선은 곽채선에게로 향해 있었다. 일순간이나마 곽채선에게서 섬뜩한 기운을 느낀 까닭이었다. 너무 짧은 시간이라 확신할 수는 없었지만 그것은 분명히 마기에 가까운 것이었다.

"왜 그러는가?"

"아미타불. 우리가 나서서 상황을 정리한다면 소림과 무당의 명성이야 확고해지겠지만, 홀로 해결하지 못한 하남연맹은 다시는 일어서지 못할 걸세. 조금 더 지켜보세."

추측에 불과한 것을 함부로 입 밖에 낼 수는 없는 법이라, 각원 대사는 일부러 다른 핑계를 댔다. 청허 진인이 그처럼 어설픈 핑계는 처음 들어본다는 듯 미간을 찌푸렸다.

"그게 무슨……."

"그보다 저 청년의 무공 연원이 궁금하군. 잔혈마도의 사사도법을 펼치는가 싶더니 오행검이라? 정마의 무학을 동시에 익히는 것이 가능하긴 하던가?"

"그것은 나도 궁금하던 참이었지."

청허 진인은 각원 대사가 자신을 말리는 데에는 이유가 있을 것이라 생각하고는, 그의 말에 장단을 맞춰주었다. 각원 대사는 소량과 곽채선을 번갈아 흘끔거렸다.

"사사도법에서 마기가 느껴지지 않아. 오히려 오금희의 사권과도 같더군. 전혀 다른 도법이거나, 아니면 잔혈마도의 도법을 배경으로 새로이 창안한 것일 테지."

말을 하다 보니 각원 대사의 등에 소름이 돋아 올랐다.

이미 존재하는 도법을 기반으로 했다지만, 저 나이에 무학을 새로이 창안한다는 것은 불가능에 가까운 일이라는 것을 아는 까닭이었다.

'지금까지 보여준 것만으로도 저 청년은 기재임을 증명했다. 단혼신도 곽채선을 능가할 수는 없을 테니… 곽채선이 살수를 펼치거든 저 청년의 목숨만이라도 구명해 봐야겠구나.'

조금만 더 추측했더라면 소량의 정체마저도 짐작할 수 있을 테지만, 각원 대사는 곽채선과 소량을 동시에 신경 쓰느라

그렇다면, 간다 93

거기까지는 생각하지 못했다. 그저 정마의 무학을 동시에 익힌 재주를 놀라워할 뿐이었다.

"아미타불."

각원 대사가 길게 불호를 읊조릴 때였다.

마침내 곽채선이 자리에서 일어섰다.

"사사도법으로 보아 잔혈마도의 전인이 분명한 게로군."

이미 하남연맹과는 생사대적이 된 것이나 다름없는 소량이다. 이제는 살수를 펼쳐도 하나도 이상할 게 없으리라. 그것은 어찌 보면 행운이나 다름이 없었다.

"네가 마인임에도 불구하고 세 문파의 문주를 동시에 상대했으니, 나로서도 전력을 다할 수밖에 없구나. 내 손속이 매섭다고 원망치 말거라."

자신의 무위라면 능히 천애검협의 목숨을 거둘 수 있다. 곽채선은 살기 어린 미소를 지으며 도를 뽑아 들었다.

"선배 된 도리로 삼 초식을 양보하마!"

소량은 곽채선이 출도하는 모습을 하나도 놓치지 않으려 애썼다. 도를 뽑는 모습부터 도명이 우는 소리, 기수식을 취하는 대신 바닥을 향해 자연스럽게 늘어뜨리는 모습까지.

두려움이 일었다.

과거 동굴에서, 암습을 했는데도 소량은 오히려 손해를 입었었다. 도기성강의 경지에 이른 곽채선의 무위는 소량으로서는 감히 상대할 수가 없는 것이었다.

소량은 이를 악물어 두려움을 떨쳐 내었다.

'물러서지 않는다. 한 걸음도 물러서지 않아.'

소량이 철검을 들어 텅 빈 허공에 세 차례 검을 휘둘렀다.

휭, 휘잉, 휘잉—

"놈!"

곽채선의 얼굴이 붉으락푸르락해진 것과 동시에 노호성이 터졌다. 삼 초식을 아무렇게나 소비하는 모습에 체면이 깎였다 여긴 것이다.

이제는 더 이상은 기다릴 필요가 없었다.

우우웅—

곽채선의 도가 허공을 너울너울 춤추며 소량에게로 다가왔다. 그것은 용무신도의 초식 중 신룡출도(神龍出道)라 하는 것으로, 일종의 기수식이나 다름없는 초식이었다.

하지만 그 안에 담긴 살기는 결코 가볍게 볼 수 없는 것이다. 곽채선은 단 일도에 거의 전력에 가까운 내력을 쏟아부은 것이다.

느리다 싶던 곽채선의 도가 불현듯 빨라졌다.

'이, 이런!'

소량의 눈이 크게 부릅떠졌다.

서걱—

"크흑!"

소량의 옆구리가 깊게 패었다. 재빨리 구궁보를 밟아 피해 보았지만, 곽채선의 도는 뱀처럼 따라붙어 옆구리를 크게 베어버리고 만 것이다.

단 일 수만에 손해를 입은 소량이 눈을 휘둥그레 떴다.

'도, 도강이 안으로 응축되었다?'

옆구리를 통해 섬뜩한 경력이 파고들었다. 외상을 통해 곽채선의 공력이 파고든 것이다.

도에 베었는데도 망치에 맞은 듯한 충격이 들었다.

"후읍!"

또다시 공격이 이어지자 소량이 정신없이 뒤로 물러났다.

텅—

곽채선의 도가 허공을 스치며 텅 빈 가죽 북 두드리는 소리가 났다. 그와 동시에 곽채선의 도에서 넘실넘실 기운이 끓어오르기 시작했다.

"도, 도강?!"

"으으음."

무림인들이 제각각 신음을 토해냈다.

신룡진천하(神龍鎭天下)라!

곽채선의 도가 아래로 내리꽂혔다. 그 속도가 어찌나 쾌속한지, 소량 부근 반 장여가 모두 도로 뒤덮인 듯했다.

 하지만 물러서야 할 소량은 오히려 앞으로 달려들었다. 그와 동시에 철검을 세 차례나 휘두르는데, 이른바 첩풍의 초식이었다.

 쿠쿠쿵—!

 도강과 부딪쳤음에도 불구하고 소량의 철검은 전혀 뒤로 물러나지 않았다. 오히려 도강을 타고 놀기라도 하듯이 미끄러져 내려오며 곽채선의 팔을 노렸다.

 "놈!"

 곽채선의 표정이 일그러졌다. 이화접목과 같은 상승의 무리를 아무렇지도 않게 펼쳐 내는 것이 어찌 놀랍지 않을 수 있겠는가!

 '반드시 죽어야 할 놈이로다!'

 곽채선의 도가 빙글 휘돌더니, 마찬가지로 소량의 손목을 노리고 쏘아졌다.

 소량은 그 힘을 역으로 이용하여 가볍게 신형을 날렸다. 곽채선의 도에 실린 경력을 온전히 해소하지 못해 몇 걸음이나 뒤로 물러나다가 그만 넘어지고 말았지만 말이다.

 재빨리 자리에서 일어난 소량이 아랫입술을 짓씹었다.

 '동굴에서의 일전과 다르구나. 그때는 저자가 당황했었던 것이었어. 지금은, 지금은……!'

하나같이 쾌도가 아닌 것이 없는데, 빠름을 취함과 동시에 힘까지 실려 있다. 도객이라면, 아니, 무인이라면 곽채선의 무위에 감탄을 금치 못하리라.

곽채선이 한 발짝 앞으로 나서며 입술을 달싹였다.

[무림은 강자존이라! 네놈이 무학을 믿고 광오하게 굴었던 것도 이해가 간다. 하지만 강호에는 기인이 모래알처럼 많으니 하늘 끝에 오르지 않고서야 어찌 매번 뜻을 관철하겠는가? 오늘 너보다 강자를 만났으니, 진실이 어떻든 네놈은 이곳에서 마인으로서 죽을 것이다.]

곽채선의 눈가에 실린 살기가 마치 불길을 닮았다. 겉으로 드러내진 않지만, 그의 안에는 동남동녀의 정기를 취함으로써 얻은 화마공이 잠들어 있는 것이다.

소량은 전음성을 무시하려 애썼다. 무어라고 고함을 지르고 싶었지만, 소리를 내는 즉시 목숨을 빼앗기고 말 터였다.

'어찌해야 하는가?'

소량은 문득 남궁세가에서 싸웠던 마인을 떠올렸다.

혈살금마 윤소천.

그의 무학 역시 지금 곽채선의 것처럼 감당할 수가 없는 것이었지만, 소량은 목숨을 구명할 수 있었다.

'검을 상단으로 가볍게……'

소량의 눈이 조금씩 깊어지기 시작했다.

한편, 장내의 무림인들은 이제 슬슬 상황이 정리되어 간다고 생각했다. 그야말로 놀라운 무위를 보이긴 했지만, 청년은 단혼신도 곽채선을 상대하기에는 역부족인 것이다.

"허어!"

각원 대사가 작게 한숨을 토해냈다.

"머지않아 끝나겠구먼. 단혼신도가 살초를 쓰기 전에 나서야겠네. 아무래도 청년에게 사정이 있는 듯해."

"나도 마찬가지 생각일세. 하나 바로 나서진 말게, 단혼신도의 체면을 보아야 하니."

"그래야겠지."

각원 대사의 말에 청허 진인이 고개를 끄덕일 때였다.

곽채선의 목소리가 사방에 울려 퍼졌다.

"슬슬 끝내지."

곽채선의 입가에 어린 미소가 짙어짐과 동시에, 그의 도가 하늘을 뒤덮었다.

신룡만리(神龍萬里)라!

도천존의 초식과는 비견할 수 없겠지만 살기만은 그보다 넘치는 초식이었다. 목숨이 경각에 달한 순간, 소량의 눈빛이 반짝 빛났다.

"운검건취(運劍乾脆)."

조그마한 속삭임과 동시에, 소량의 검극이 도강을 정면으로 마주쳐 갔다. 도강을 상대로 감히 승산을 논하는 것은 아니었다. 아주 조금만, 아주 조금만 방향을 바꾸면 되었다.

무림인들이 보기에, 그리고 각원 대사가 보기에 그것은 자살 행위나 다름없는 짓이었다.

각원 대사가 바닥을 크게 굴렀다.

"이, 이런! 피하시오, 젊은 시주!"

"무량수불, 여태 잘 피하다가 정면으로 뭐하는 짓인가!"

청허 진인 역시 고함을 질렀다.

그때, 예상을 깨는 일이 벌어졌다.

곽채선의 도가 살짝이나마 방향을 바꾼 것이다.

소량이 다시 한 번 중얼거렸다.

"중정원만(中正圓滿)."

왼발을 축으로 회전함으로써, 곽채선의 초식 속에 겨우 생긴 틈으로 몸을 날린다. 도강이 소량의 옷자락을 펄럭이며 스쳐 가는 순간, 소량의 검이 곧게 뻗어나갔다.

"박실무화(樸實無華). 최대한 간결하게, 그리고 곧게."

그러자 검을 타고 곧게 기운이 흘렀다.

그를 경령침착(輕靈沈着)이라 한다.

우르릉—!

"노, 놈!"

뇌성과 함께 곽채선이 뒤로 물러났다.

공격이 오행검과는 비교도 할 수 없을 정도로 예리하거니와, 그 안에 실린 검기 역시 간단치 않다. 강함에 더해 상대는 유함까지 갖추었다.

각원 대사가 눈을 휘둥그레 뜬 채로 크게 외쳤다.

"창궁무애검!"

창궁무애검, 남궁세가!

황상께 신검지가라는 현판을 받을 정도로 거대한 가문이자, 강호에서는 오대세가의 하나로 군림하는 무림세가!

각원 대사가 목청껏 외쳤던 고로, 장내의 무인들도 모두 그 소리를 들을 수 있었다.

무인들은 '과연 그렇군! 남궁세가가 아니면 이럴 수가 없지!' 등등의 탄성을 토해내다가 무언가를 떠올린 듯 하나같이 입을 다물었다.

마인인 잔혈마도의 사사도법.

정도의 육합권과 오행검.

그리고 문외불출이라는 남궁세가의 창궁무애검까지.

청년의 무공 연원을 도저히 알 수가 없는 것이다.

"놈!"

곽채선의 도가 다시금 비처럼 쏟아지기 시작했다.

소량이 진운혜에게 배운 초식으로 피해보았지만, 모두를 피해내지 못하고 한 군데 도상을 허용하고 말았다.

핏!

피가 튀는 것과 동시에 소량이 창궁무애검을 다시 한 번 펼쳤다. 공세라기보다는 수세에 가까운 초식이었다.

하지만 곽채선도 쉽게 소량의 목숨을 거둘 수는 없었다. 소량이 기이한 초식을 사용하기 시작한 이후로 일이 어려워지고 말았다. 소량은 최소한의 움직임만으로 도강을 피해내며 차분하게 일검을 날리고 있는 것이다.

운검건취, 중정원만, 박실무화!

서걱―

놀랍게도 도강을 뚫고 소량의 검이 곽채선의 수염을 베었다. 곽채선이 일그러진 얼굴로 뒤로 물러나며 믿을 수 없다는 듯 눈을 치켜떴다.

"이, 이놈이! 감히 나를 상대로 수련을 하느냐?"

"후우―"

소량이 차분한 얼굴로 숨을 내쉬며 철검을 겨누었다. 검기가 끝도 없이 실리는가 싶더니, 이제는 아예 전신의 기력이 검에 가 있는 듯했다. 검이 나인지, 내가 검인지 모를 정도로 검과 한 몸이 된 것 같은 기분도 들었다.

보통의 무인이라면 겪지 못할 고수들과의 격전을 밥 먹듯이 겪었던 소량이었다. 사망객 곽서문, 태행마도 곽주와 일전을 겨루었고, 검기상인의 경지에 오른 혈마곡의 마인들 수 명을 단신으로 베었다. 윤소천이라는 절대고수와도 한차례 검을 섞은 적이 있으니 경지가 높아지지 않는 것이 이상한 일일 터였다.

더불어, 소량에게는 마음이 일어나면 절로 기력이 일어나는 절정의 심공도 가지고 있었다. 장내의 그 누구도 모를 테지만, 소량은 자신의 나이에는 죽었다 깨나도 얻을 수 없으리라 평가되는 무언가가 눈앞에 있다는 것을 깨달았다.

하늘 끝[天涯]으로 가는 길.

"무림은 강자존이라고?"

소량이 곽채선을 노려보며 차가운 어조로 말했다. 곽채선이 조금 전에 보낸 전음성에 대한 답변이었다.

"하늘 끝에 오르지 않고서야 뜻을 관철할 수 없다고?"

소량은 문득 장윤을 떠올렸다. 또다시 가슴 한 구석이 시려왔다. 종이를 구할 수 없어 나뭇잎을 지전 삼아 태우며 잘 가라고 외치던 장삼을 떠올렸다. 그들이 감당할 수 없던, 그들을 보호할 의지도 능력도 없는 차가운 세상을 떠올렸다.

"그렇다면, 간다."

하늘 끝에 오르리라.

힘과 권력으로 세상을 누르는 이가 있다면, 강자존이라 그를 제압할 수 없다면 강자가 되리라. 천하에 오롯이 서서 뜻을 이루리라. 더 이상 장윤 같은 아이가 없게 하리라.

"하늘 끝에 오르겠어."

"오만하다! 오만해!"

광오하기 짝이 없는 말을 들은 곽채선은 이를 뿌드득 갈며 한 걸음을 앞으로 나섰다.

불편해진 마음만큼이나 기세도 강렬해졌다. 그토록 숨겨 놓고 있던 마기가 마침내 도에 실리기 시작했다. 소량을 죽이는 것이 여의치 않자 분노가 치밀어 오르고 만 것이다.

화르륵—!

곽채선의 도에서 불길이 일어났다.

각원 대사가 노호성을 터뜨렸다.

"화, 화마공! 저 청년의 말이 사실이었구나! 사질들은 무엇을 하는가!"

수행하고 있는 다섯 승려에게 명령을 내린 다음에는 각원 대사가 직접 나설 차례였다. 그는 물론, 옆자리의 청허 진인까지도 경신의 공부를 펼쳐 앞으로 쏘아져 갔다.

그러나 소량의 눈은 침착하기 짝이 없었다.

'지금이라면……'

이유는 모르겠지만, 지금이라면 가능할 것 같다. 여태껏 내력만 폭발시켰을 뿐, 한 번도 성공해 보지 못했던 초식.

'될지도 몰라.'

소량이 눈을 지그시 감고 천천히 검을 패검했다.

곽채선의 눈에 어린 살기도, 당장에라도 폭발할 것처럼 울어대는 곽채선의 도도 괘념치 않았다.

"죽어라, 놈!"

콰아아!

마치 폭포가 쏟아지는 듯한 소리와 함께, 곽채선의 도에서 불의 바다가 일어나 하늘을 뒤덮었다.

찰나의 순간, 소량이 눈을 번쩍 떴다.

'아니, 반드시 된다.'

소량의 검이 앞으로 뻗어나갔다.

태룡과해라!

내력이 응축되었다 펼쳐지되, 오직 한 길을 쫓아간다.

곧 불의 바다를 뚫고 구불구불 한 마리의 용이 지나갔다.

콰콰콰쾅―!

"커헉!"

불의 바다와 광룡이 만나는 순간, 사방에 흙먼지가 가득 일어났다. 무학을 모르는 이들이 내지르는 비명과 무인들의 경호성이 뒤섞였다.

지진이라도 일어난 듯한 굉음에 사람들은 저도 모르게 자리에 주저앉고 말았다. 그들이 할 수 있는 일은 오직 기다리는 것뿐이었다. 이 시간이 얼른 끝나기를.

그러나 용이 지나가는 불의 바다는 쉬이 사라지지 않았다.

그렇게 얼마나 지났을까.

귀를 저릿하게 했던 굉음이 조금씩 가라앉자, 장내에 싸늘한 침묵이 감돌았다. 사방에 자욱했던 흙먼지가 조금씩 사라지자 사람들의 시선이 모두 앞으로 향했다.

그곳에 곽채선의 모습은 없었다. 그저 낡은 마의를 입은 청년이 검을 곧게 겨눈 채 서 있을 뿐이었다.

"이건······."

뛰어들려던 모습 그대로 멈춰 섰던 각원 대사가 휘둥그레 뜬 눈으로 고개를 숙였다. 바닥에는 당금 강호에 가장 유명한 도객이 남기는 흔적과 똑같은 흔적이 남아 있었다.

"태, 태룡과해!"

마치 선언과도 같은 각원 대사의 말을 끝으로, 장내에 있는 모든 사람들의 시선이 청년에게로 향했다.

낡은 철검, 허름한 마의.

하늘 끝에 갈 자격을 얻었다는 무인이자, 백성들을 위해 제 몸을 던지기를 두려워하지 않는다는 협객.

청허 진인이 제자리에서 발을 구르며 크게 외쳤다.

"천애검협 진소랑!"

第四章
무슨 자격으로

1

 장내의 백성들과 그 틈에 있던 무림인들은 경악을 금치 못한 채 홀로 오롯이 서 있는 청년을 바라보았다.
 허름한 마의에 낡은 철검을 든 청년. 언뜻 보아서는 무학을 익혔는지조차 가늠하기 어려울 정도로 순박한 모습이다.
 하지만 그 정체는 어떠한가!
 어린아이 하나를 구하고자 천하의 도천존을 상대한 인물이자, 단신으로 남궁세가의 외당을 구하고 그럼으로써 남궁세가 전체를 구했다는 협객이다.
 무인들은 가슴이 뜨거워지는 것을 느꼈다.

"처, 천애검협!"

"과연 명불허전이로구나!"

좌중에서 크고 작은 탄성이 터져 나왔지만 소량은 아무런 소리를 듣지 못하였다.

소량은 그저 천지간의 소리를 듣고 있을 뿐이었다.

바람이 부는 소리, 풀잎이 스치는 소리, 어딘가에 있을 나무가 춤을 추는 소리. 코끝으로 흙내음이 스며들었고, 피부로 따스한 햇살이 내려앉았다.

소량의 호흡 역시 천지간의 소리에 맞춰 느려져 있었다.

세상과 호흡을 나눌 수 있다면[天地同息] 천하의 이치를 얻을 수 있다던가[天下之理得]!

소량의 태허일기공이 구결에 맞추어 춤을 추었다. 폭포수처럼 강맹하게 흐르다가, 어느 순간에는 개울처럼 졸졸졸 흐른다. 임맥과 독맥을 타고 흐르던 기운이 백회에 물처럼 고였다가, 다시 흘러 내려와 이번엔 단전에 이른다.

거기에 태룡도법이 더해졌다.

과거 태룡과해에 실패했을 때에는 쏟아진 내력을 수습할 수가 없었지만, 이번엔 달랐다. 태룡과해에 실렸던 기운이 흩어지지 않고 뜻을 좇아 돌아온다.

'이런 것이었나.'

기로써 도를, 아니, 검을 움직인다. 천지간에 가득한 기에 자신의 기를 더하고 마침내는 돌려받는다.

'이기어검(以氣御劍)과도 다르지 않아.'

훗날 천지와 내가 다르지 않은 경지에 이르게 되면 아예 자신의 기가 아닌 천지간의 기로써 검을 놀릴 수 있으리라. 도천존의 초식은 그 길을 가르쳐 주고 있었다.

하지만 그 경지는 너무나 멀고도 멀었다. 당장에라도 할 수 있을 것도 같고, 평생이 가도 못할 것 같았다.

다만 확실한 것이 있다면……

'천지가 이전과 다르게 보인다.'

천지교유(天地交遊)라!

단전 가득한 기운이 육신 밖으로 나갔다가, 다시금 돌아오기를 반복하자 천지가 새롭게 보였다.

소량은 신기하다는 듯 주위를 둘러보았다.

"쿨럭, 쿨럭! 스승이시여, 스승이시여!"

바닥에는 곽채선의 오른팔이 도를 든 채로 흉물스럽게 떨어져 있었다. 본래는 그럴 일이 아니었다. 곽채선의 무위는 드높은 것, 피하고자 했다면 피할 수 있었을 터였다.

하지만 곽채선은 정면으로 승부하는 길을 택했다.

만용이었고, 오만이었고, 마공이 가르쳐 준 혈기였다.

"무엇을 하십니까, 스승이여!"

소량은 마치 꿈속의 풍경을 보는 것 마냥 멍하니 비명을 지르는 곽채선을 바라보았다. 새로이 얻은 깨달음이 아직도 여운을 남기고 있었던 것이다.

하지만 그것도 잠시일 뿐이었다.

"마공을 보이고 말았구나, 단혼신도."

소량의 눈이 차갑게 변해갔다.

검을 아무렇게나 늘어뜨린 채로, 소량이 곽채선에게로 걸음을 옮겼다. 곽채선에게는 사신의 발걸음과 같았다.

"일곱 살 아이를 간살했다지?"

"닥쳐라!"

아무리 불러도 화마가 나타나지 않자, 곽채선이 재빨리 떨어진 자신의 도를 쥐어 들고는 소량을 향해 겨누었다.

이제는 거리낄 것조차 없는 터라 곽채선은 당연하다는 듯 화마공을 일으켰다.

화르륵!

오른팔을 잃어 좌수에 도를 들었다지만 곽채선의 무위가 어디 가는 것은 아니었다. 불의 바다가 또다시 소량을 뒤덮었다. 소량은 검강을 일으켜 그에 마주해 갔다.

챙강―!

검강과 도강이 부딪쳤는데도 맑은 검명이 일어났다. 곽채선도 소량도 득을 보지 못한 채 몇 걸음씩을 밀려났다. 소량이 몇 걸음 적게 물러나긴 했지만 말이다.

"이럴 수는 없다, 이럴 수는 없어!"

동남동녀의 정기를 취해 내력만으로는 따라올 자가 없다 여겼는데, 소량의 검과 마주하자 허무하게 불의 바다가 사라지고 만다. 곽채선은 도저히 이 상황을 믿을 수가 없었다.

하나 어찌 보면 그것은 당연한 일일지도 몰랐다.

소량이 쌓은 내공과 다른 사람의 정기를 취한 곽채선의 내공은 정순함에서 차이가 날 수밖에 없었다. 수발의 자유로움은 물론, 응집력까지도 큰 차이가 났다.

또 다른 이유가 있다면, 검기성강을 이룬 소량이 점점 자신의 경지에 익숙해져 가고 있다는 것일 터였다.

우우웅―

이전에는 희미하기만 하던 소량의 검강이 이제는 확연히 짙어졌다. 좌수로 미친 듯이 화마공을 뿌리던 곽채선이 정신없이 뒤로 밀려나며 비명을 토해냈다.

"커헉!"

더 이상 버티지 못한 곽채선이 도를 역수로 쥐어 바닥에 꽂고는 그에 몸을 기댔다.

소량은 차가운 눈으로 그를 노려보며 걸어갔다.

"애처롭게 비는 아이의 말을 모른 척했다지?"

"아미타불, 진 시주는 자비를 베푸시게."

멀찍이 서 있던 각원 대사가 나직하게 중얼거렸다. 소량에게 말한 다음에는 곽채선을 돌아보는데, 그 시선이 차갑기 짝이 없다. 마공이 숨어 있었다는 것은 소량의 말이 옳다는 뜻, 그는 정말로 동남동녀의 정기를 흡취한 것이다.

소량은 각원 대사의 말을 못 들은 척 걸음을 옮겼다.

"잘못했다 비는 아이를 보며 비웃었다지?"

"진 시주, 이보시게. 저자는 살아야 할 사람일세. 저자의 뒤를 캐어 혈마곡을……."

"네가 무슨 권리로, 네가 왜!"

소량이 버럭 고함을 지르며 일검을 휘둘렀다.

곽채선이 어떻게든 반항하려 했지만 초식도, 무엇도 아닌 일검을 막아낼 수가 없었다.

곽채선의 가슴이 쩍 하니 갈라졌다.

"커헉! 쿨럭!"

놀란 눈으로 자신의 가슴을 내려다보던 곽채선이 피에 젖은 이를 드러내며 웃었다.

"크, 크큭. 알량한 협의지심으로 떠드는가?"

앞으로 걸어가던 소량의 표정이 굳어갔다.

"협객? 좋지. 사실은 나도 그렇게 되고 싶었다네."

곽채선이 지친 표정으로 눈빛을 빛냈다. 아직은 기회가 남아 있었다. 어떻게든 도주해 후일을 기약해야 했다.

"아니지, 내가 이렇게 말할 때가 아니야. 애처롭게 빌어야 하나? 후회한다고, 다시는 그러지 않겠다고 빌면 협의지심 가득한 대협께서는 어찌하실까? 큭큭, 쿨럭!"

곽채선이 거칠게 숨을 몰아쉬며 서운홍을 돌아보았다.

이와 같은 경천동지할 일전을 처음 보는 나전현령 서운홍은 그야말로 사색이 되어 있었다.

곽채선은 그 모습이 재미있다는 듯 웃었다.

"현령은 나와의 우의를 부정하고 제 살길을 찾겠지. 혈마곡은 반역을 도모한 무리, 어떻게 해서든 피해야 할 대상이니까 말이야. 하지만 진짜 악인을 찾자면 저런 사람이 아닌가? 저자는 다른 곳에서 또다시 자신의 배를 불리겠지. 저 사람도 베어보지 그래?"

소량의 시선이 흔들렸다.

황상이 임명한 관리를 함부로 죽이는 것은 반역이다.

"협객이란 그런 거라네. 그래서 자네가 알량하다는 게야. 어떤가, 자네에게는 용기가 있나? 황상이 임명한 관리를 죽이고, 반역자가 될 자신이? 세상의 적이 될 자신이 있나?"

"그럴 자신은 없다."

반역의 죄는 구족을 논한다.

자신뿐 아니라, 가족이 함께 휘말리게 된다.

"하지만 세상에 요구할 수는 있을 것이다."

"뭐?"

"잘못된 것이 있음에도 불구하고 입을 닫지는 않겠다. 도울 수 있음에도 불구하고 멈춰 서지는 않겠다. 잘못된 것이 있다면 시정할 것을 세상에 요구하겠다."

"하! 자네가 무슨 자격으로?"

곽채선이 크게 비웃으며 신룡진천하의 초식으로 소량의 목을 베어왔다. 갑작스러운 일격이었던 고로 소량은 다급히 뒤로 물러나는 수밖에 없었다.

소량이 물러나자 곽채선의 신형이 용수철처럼 허공으로 솟구쳤다. 지금이 탈출할 수 있는 유일한 기회인 것이다.

"커헉!"

바로 그 순간, 물러나던 소량이 쏜살처럼 날아와 곽채선의 목을 움켜쥐었다.

"일개 백성의 자격으로······."

소량이 살기에 젖은 눈으로 곽채선을 바라보며 손에 힘을 주었다. 바로 이자가 장윤을 죽였다. 아니, 잡아먹었다.

"네가 잡아먹은 아이의 이름으로!"

소량의 손이 부르르 떨리더니 기괴한 소리와 함께 곽채선의 목뼈에 금이 갔다. 곽채선은 끔찍한 통증 속에서 나이도 체면도 잊은 채 비명을 질렀다.

"크아악!"

소량은 곽채선을 물끄러미 바라보다가, 오른손에 쥐고 있던 검을 들어 그의 심장으로 가져갔다. 단숨에 목숨을 끊고 싶지 않았다. 이것이 살기에 젖은 복수심이며 계속되면 심마에 빠져든다는 것을 알고 있었지만 개의치 않았다. 할 수만 있다면 찢어죽이고 싶었다.

"커헉, 컥! 그만! 사, 살려……."

소량은 곽채선의 눈에서 시선을 떼지 않은 채, 할 수 있는 한 가장 느리게 그의 심장에 검을 꽂아 넣었다. 최대한 괴롭게끔, 그래서 장윤의 심정을 조금이라도 이해하게끔.

"유가의 대의는 안백성이니, 일개 백성으로서 요구하겠다. 권력 뒤에 숨어 아이의 목숨을 탐하는 이를 처벌해 달라 빌고 할 것이고, 먹고살 거리만큼은 남겨달라 요구할 것이다."

곽채선이 간헐적으로 몸을 움찔거리며 힘없이 소량의 팔을 두드렸다. 하지만 소량의 팔은 철벽이라도 된 것 마냥 꼼짝도 하지 않았다.

"난 세상이 다 그런 거라고 포기하지 않아."

마침내 곽채선의 눈동자에서 빛이 사라졌다. 하남무림의 패자이자 혼마저 베어버린다는 단혼신도 곽채선의 최후라기엔 너무나 처량한 죽음이었다.

곽채선이 완전히 절명했음에도 불구하고 소량은 한참 동안이나 그를 물끄러미 내려다보았다.

도대체 왜일까? 각원 대사는 그 잔혹함을 보고도 소량을 말릴 생각을 하지 못했다.

그렇게 잠깐의 시간이 지났다.

곽채선을 바닥에 내던진 소량이 살기 어린 눈으로 현령 서운홍을 돌아보았다. 서운홍이 주춤주춤 뒷걸음질 쳤다.

"나는 저자가 그런 자인 줄은 몰랐……."

"아효의 어머니는 굶어 죽었다고 했었지."

"오, 오지 마! 누구든지 막아라! 이건 반역이야!"

뒷걸음질 치던 서운홍이 콰당 소리를 내며 넘어지고 말았다. 제법 호되게 넘어졌거늘, 그는 통증도 느끼지 못하고 정신없이 뒤로 기어갔다.

그때, 멍하니 보고만 있던 각원 대사가 재빨리 발을 튕겼다. 그의 신형이 새처럼 날아 소량을 가로막았다.

"그만하시게! 정녕 반역자로 살려는가? 현령의 죄가 있다 해도 그를 죽여서는 아니 되네! 그는 살아야 할 사람이야!"

소량의 시선이 각원 대사에게로 향했다.

각원 대사는 차가운 눈 속에서 뜨거운 불길을 보았다.

"그럼 아윤은!"

소림의 고승을 앞에 두고도 소량은 예의를 찾지 않았다.

"단혼신도에게 진기를 빼앗기고 죽어간 아윤은 죽었어야 할 사람인가? 발고하다가 맞아죽을 뻔한 장 형은 죽어야 할 사람인가? 그때는 진실을 알아볼 생각조차 않고 구경만 하던 당신이 무슨 자격으로 말하는가!"

각원 대사의 얼굴이 하얗게 질렸다.

처음 소란이 일어났을 때 각원 대사는 나서지 않고 지켜만 보았다. 조정의 뜻을 거스를 수는 없으니까. 그랬다가는 소림사에도 피해가 가고 마니까.

그것은 무당파의 청허 진인 역시 마찬가지였다.

"누가 있어 그들을 돕는데! 누가 있어 죽어가던 아윤을, 먹을 것이 없어 굶어 죽어간 아효의 어머니를 돕는데! 누가 있어 나무꾼들에게 매를 맞고서 동냥질에 나섰던, 굶어 죽어가던 어린 시절의 나를……!"

소량의 말이 서서히 느려졌다.

장내의 사람들은 가슴이 타들어가는 느낌을 받았다. 무서운 무위를 보인 소량이 마치 어린아이처럼 보였다. 그 울부짖음이 너무나도 애처롭게 느껴졌다.

"…누구라도 도와야 하는 거잖아. 그래야 되는 거잖아."

소량의 목소리가 조금씩 작아졌다. 고개를 떨어뜨린 소량의 발치에 눈물이 몇 방울 떨어졌다.

"나는 돕겠어. 그게 협객이라면, 협객이 되겠어."

소량의 말을 들은 사람들이 입을 꾸욱 다물었다.

강호에 협객은 많다.

명예욕을 좇아 백성들을 돕고 우쭐해하는 자도 있고, 순수

한 마음으로 백성들을 돕고 마인을 쫓는 협객도 있다.

하지만 자신의 안위마저 돌보지 않고, 조정의 권위에 흔들리지 않으며 오로지 백성만을 돕는 협객은 없다.

소량은 지친 듯 장삼에게로 걸음을 옮겼다.

경천동지할 싸움을 지켜보고 있던 장삼은 곽채선이 죽음을 맞고 나서야 가슴을 치며 통곡하고 있었다.

소량의 뒤를 각원 대사가 쫓았다.

"이보시게!"

각원 대사라면 무림의 기인으로, 천하공부 출소림이라는 그 소림사의 장로다. 한낱 강호 초출인 소량이 이처럼 무시할 대상이 아닌 것이다. 그러나 각원 대사는 조금의 분노도 느끼지 못했다. 오히려 창피하고 미안해할 뿐이었다.

그는 승려였을지는 몰라도 협객은 아니었다.

바로 그때, 소량이 걸음을 멈추었다.

"이, 이러지 마십시오."

소량의 얼굴이 일그러졌다. 소량이 다가가자 부근에 있는 사람들이 조용히 읍을 하는 것이다.

"진 대협."

마치 들불이 번져 나가듯, 가까이 있는 사람부터 시작해 멀리 있는 사람까지 허리를 굽혔다.

"어서 허리를 펴십시오. 이러지 말아요."

하지만 사람들은 허리를 펴지 않았다.

소량은 나전현의 사람이 아니다. 그와 나전현의 사람들 사이엔 아무런 인연도 없다.

하지만 그는 포기하지 않았다. 아무도 돕지 않을 때에 신도문의 문주를 상대로 싸웠고, 관아를 상대로 싸웠다.

그 의미를 사람들도 알고 있었다.

"진 대협을 뵙소이다."

이번엔 무인들이 허리를 굽혔다.

무림에 든 자라면 그의 말에 부끄럽지 않을 자가 없을 터였다. 하찮은 발고라도 무시해서는 아니 되는 것이 법인데, 현령은 함부로 관졸들을 불러 백성들을 핍박했다.

그러나 좌중의 무인 중 나서는 사람은 아무도 없었다.

"진 대협을 뵙소이다!"

좌중의 목소리는 점점 커져만 갈 뿐이었다.

"이러지 마십시오……."

소량은 쓸쓸한 얼굴로 고개를 숙였다.

2

소량이 장삼의 곁으로 돌아간 후에도 함부로 입을 여는 사람은 없었다. 무인들은 저마다 천애검협의 신위에 경탄했고,

그의 말 한마디, 한마디를 되뇌어 보느라 정신이 없었다.

천애검협은 일파의 문주 셋을 상대로 물러섬이 없었고, 도기성강의 경지에 이른 고수의 목숨을 끊었다. 사사도법이나 창궁무애검과 같은 기예로도 모자라 도천존이 아니면 펼쳐낼 수 없다는 태룡도법까지 펼쳤다.

본 것이 많으니 할 말 역시 많거늘, 무인들은 소량의 말 몇 마디 때문에 입을 열 수가 없었다.

'협중협이라 할 만큼 담백하다. 게다가 도천존의 제자라? 신위로만 보아도 놀랄진대 배분마저 높으니… 강호에 영웅이 난 셈이야.'

무인들은 경탄의 마음으로 소량의 뒷모습을 바라보았다.

하지만 전혀 다른 시선으로 소량을 바라보는 사람도 있었다. 곽채선의 죽음을 지켜보기만 했던 화마가 그랬다.

'기재로다, 기재야. 어릴 적부터 뛰어나더라니.'

소량이 겪었던 첫 번째 전투는 살호장군 마유필과의 생사투였다. 그 당시, 화마는 천리비마와 함께 소량의 혈전을 지켜보았었다. 무학을 배운 지 얼마 되지 않았다던 아이가 이화접목과 같은 묘리를 펼칠 때에 얼마나 놀랐던가!

'하나 이 정도로 성장할 줄은 몰랐다. 석년의 삼천존도 저만하지는 못했을 터인데.'

스무 살이 갓 넘은 나이에 구파일방의 장로를 넘어서는 수

준의 무위를 지녔다. 고작 저 나이에 이만한 경지에 올랐다는 것은 강호에 보기 드문 기사라 할 수 있었다.

한동안 소량을 바라보며 감탄을 토해내던 화마가 길게 한숨을 내뱉었다. 등 뒤에서 인기척을 느낀 탓이었다.

[준비가 끝났더냐?]

[그렇습니다. 시행할까요?]

암중에서 누군가 전음성을 보내었다.

"흐음."

화마가 눈살을 가볍게 찌푸렸다. 소량의 무위를 보고 나니 적지 않은 손해가 있을지도 모른다는 생각이 든 것이다.

방심하면 삼류무인도 절대고수를 죽일 수 있다지만, 방심하지 않는다면 절대고수 한 명이 수백의 무인을 상대할 수도 있다. 일당백이라는 말이 괜히 있는 것은 아닌 것이다.

검천존 한 명을 상대하기에도 부족한 인원인데, 천애검협 진소량이라는 새로운 영웅까지 상대하게 생겼다.

[지쳐 보이기는 한다마는 손해가 이만저만이 아니겠어.]

[어찌 보면 유리할 수도 있지 않겠습니까?]

천애검협이 그토록 백성들을 아낀다면, 지금이 적기가 아닌가! 사방이 백성들이니 그들을 방패로 삼을 수만 있다면 두려울 일이 없을 터였다.

[어찌 되었든 시행해야겠지. 그분은 어디에 계시더냐?]

[아직 소식이 없습니다. 다만 그분이 안 계시더라도 계획대로 시행하라는 명이 있었습니다.]
 [뭐?]
 화마의 얼굴이 잔뜩 구겨졌다.
 아무리 화마라 해도 검천존에 비견한다면 상대가 되지 않는다. 수많은 인원을 배치했다 한들 마찬가지, 양떼가 호랑이를 당해낼 수는 없는 법이다.
 그래서 호랑이를 한 마리 모셔왔다.
 호랑이 중의 호랑이라 할 만한, 백호를.
 검마존(劍魔尊).
 검천존을 상대하기 위해 만들어진 절대고수다.
 하지만 그런 그가 소식이 없단다.
 [한심한 놈이로구나. 아무리 그런 명이 있었다 하더라도 오늘의 일이 얼마나 중한지 안다면 무조건 찾아 모셨어야 할 것이 아니냐?]
 암중인(暗中人)의 전음성이 부르르 떨려왔다.
 [하오나 구름 속의 신룡과 같은 분입니다. 그분이 나타나지 않으면 속하들의 능력으로는 찾을 수가 없음이니 부디 해량하여 주십시오.]
 [쯧!]
 사실 암중인의 말에 이상한 점은 없었다.

혈존의 심계도 깊거니와, 곡의 군사인 귀곡자의 계책은 천하의 누구도 상대할 수 없으리라 평가받는 것이었다.
  그런 그들이 허튼 계획을 짤 리가 없다.
  '하지만 무언가 불안해.'
  모든 것이 완벽한데 왜 이리 불안할까.
  화마는 불현듯 곽채선에게로 시선을 돌렸다.
  계획의 미끼로 삼은 자.
  일을 제대로 마쳤더라도 토사구팽을 당했을 자였다.
  '도대체 왜 초조할까.'
  화마는 눈을 부릅뜬 채 죽어 있는 곽채선을 물끄러미 바라보았다. 수하가 '어찌할까요?'라고 다시 전음성을 보냈지만 그는 하염없이 곽채선만을 바라볼 뿐이었다.
  그렇게 얼마가 지났을까.
  [알았다. 준비를 모두 마쳤다면 시행…….]
  여전히 답을 찾지 못한 화마가 하는 수 없다는 표정으로 입술을 달싹였다. 다른 오행마들처럼 죽든지, 살든지 임무를 속행해야 하는 것이다.
  '잠깐.'
  다른 오행마들처럼?
  '수마 한철광, 그는 어떻게 죽었지?'
  수마 한철광은 진무신모에게로 보내졌다.

무슨 자격으로 125

그녀가 매병에 걸렸다는 보고를 받은 수마 한철광은 '제대로 상대해 볼 수 없다는 사실이 안타깝다'며 진무신모에게로 향했다. 화마는 수마 한철광이 진무신모를 죽이고 거들먹거리고 싶어 한다는 사실을 이미 알고 있었다.

'말이 되지 않아. 상대는 그 진무신모다. 그녀가 매병에 걸려 약해졌다면, 혈마곡의 힘을 몽땅 쏟아서라도 기회를 놓쳐서는 아니 될 일이야. 그런데 고작 수마만을 보냈다고?'

생각해 보면 혈살금마 윤소천은 또 어떻게 죽었던가!

'그 역시 진무신모가 있는 남궁세가로 보내졌어. 혈살금마는 혈존께서 직접 오시리라 믿고 거리낌없이 출정했다.'

하지만 혈마는 오지 않았다.

혈살금마는 결국 진무신모에 의해 처참하게 죽고 말았다.

'벌써 오행마 중 두 명이 죽었다. 모두 미끼처럼… 미끼?'

화마가 이를 뿌드득 갈며 곽채선을 바라보았다.

그 모습에 자신의 모습이 겹쳐 보였다.

'이런 빌어먹을!'

얼마 전만 해도 천애검협과 검천존을 동시에 낚았다고 즐거워하던 화마였다. 곽채선을 미끼로 삼아 음모를 꾸며놓고 그들이 올 때까지 느긋하게 기다렸던 화마였다.

하지만 지금 그의 얼굴은 두려움에 질려 있었다.

'내가 미끼였어! 하지만 왜?'

의문을 풀 시간이 없었다.

[일마(一魔)! 너는 당장……!]

전음을 보내던 화마의 표정이 딱딱하게 굳었다. 사방에 널려 있던 마인들의 기척이 이제는 느껴지지 않는다.

아니, 느껴지지 않는 정도가 아니었다. 지금도 하나씩 하나씩 사라지고 있었다. 마치 사냥을 당하는 양떼처럼.

암중인이 이상하다는 어조로 물었다.

[어찌하여 그러십니까?]

화마는 대답하지 않았다.

스르르—

그저 신형을 놀려 어둠 속으로 사라질 뿐이었다.

[대답하여 주십시오. 어찌하여 그러십……]

그저 전음이 끊겼을 뿐, 단말마의 비명은 들리지 않았다.

하지만 화마는 암중인이 죽었음을 직감했다.

그의 신형이 바람을 타고 은밀하게 사라져 갔다.

그로부터 얼마나 지났을까.

화마가 사라진 자리에 늙은 농부가 나타났다.

"허, 참. 이전에도 그랬지만 발이 빠른 놈이로다."

농부는 무엇이 그리 안타까운지, 크게 한숨을 토해냈다. 그는 눈을 가늘게 뜨고 주위를 둘러보았다.

"게다가 머리도 영리하구나. 나도 이제야 짐작한 것이거늘… 미끼에 불과한 놈이 벌써 알아챈 것이렷다?"

농부는 한때 혈마를 직접 대면한 적이 있었다.

비록 만난 적은 단 한 번뿐이었지만 혈마가 누구인지 알기엔 그때 나눈 공방으로 충분했다.

"호랑이처럼 강하고 여우처럼 영리한 자지."

홀로 수만 황군을 상대할 수 있을 정도로 강하지만, 그들을 완전히 죽일 수 있을 자신이 없다면 절대 나서지 않는 영리한 자다. 수많은 사람들이 그를 복수에 미친 화신으로 보지만, 그는 그렇게 감정적으로 움직이는 자가 아니었다.

"남궁세가에 진무신모가 있음을 알고 금마를 보내고, 여기에는 내가 있음을 알고 화마를 보낸다……."

생사투를 벌일 때에는, 작은 상처 여러 개보다 치명상 하나가 필요한 법이다.

그것은 천하를 놓고 벌이는 승부에서도 마찬가지. 수많은 전투에서 이겼다 치더라도 전쟁에서 패하면 끝인 것이다.

남궁세가와 화산파가 공격당하고, 곤륜파가 멸문지화를 입었지만 그것은 작은 상처에 불과하다. 지금 혈마는 오행마를 미끼로 삼아 무언가를 준비하고 있었다.

준비가 끝나면, 혈마는 치명상을 준비하리라.

"오행마를 미끼로 무엇을 하려는 것일까?"

고작 미끼로 오행마를 이용한다는 것은 소 잡는 칼로 닭을 잡는 것이나 마찬가지의 일이었다.

모르는 이가 들었다면 혈마를 크게 비웃었으리라.

하지만 본래부터 그것이 닭을 잡는 칼이었다면?

이야기는 완전히 달라진다.

"으으음."

늙은 농부는 잠시 갈등했다.

화마를 추적해야 하나, 말아야 하나.

"이성적으로 생각하면 참아야 하는데, 마음이 한 번 동하면 이처럼 안절부절못하니… 나도 나이를 헛먹은 게지."

갈등은 쉽게 끝나지 않았다.

늙은 농부는 한참 동안이나 입술을 오물거리며 고민하다가, 길게 한숨을 토해냈다.

"에이, 화마 놈. 운이 좋구나."

무어라 중얼거린 늙은 농부가 슬그머니 시선을 돌렸다.

각원 대사와 무어라 대화를 나누고 있던 소량이 마치 그의 시선을 알아차린 것처럼 눈빛을 빛냈다.

"허! 알아봤던가? 하늘 끝에 이를 자격이 있다더니……."

늙은 농부가 흥미롭다는 듯 미소를 지었다.

소량은 찢어낸 옷으로 상처를 싸매고 있었다. 각원 대사가 사질들을 시켜 가져온 금창약도 발랐다. 천만다행히 치명상에 가까운 큰 상처는 보이지 않았다.

이상한 시선을 느낀 것은 겨우 상처를 수습했을 때였다.

"그러니 우리는 반드시 혈마곡의 흔적을 알아내야 하오. 화마공을 익힌 곽 시주에게 물어봤으면 좋았겠지만 그는 이미 명을 달리한 후니 진 시주에게 여쭐 수밖에 없소이다."

옆에서 각원 대사가 무어라 말을 하고 있었지만, 소량은 그의 말을 귓등으로 흘리며 자신을 주시하는 늙은 농부만을 바라볼 뿐이었다.

'도대체 누구지?'

겉으로 보자면 이상할 것이 하나도 없다.

낡아 기워 입은 바지, 등에 어설프게 맨 망태기, 검댕이 묻은 수염과 깡마르고 검게 탄 얼굴까지 그저 어디에서나 볼 수 있는 늙은 농부의 모습일 뿐이었다.

그러나 노인에게서 시선을 뗄 수가 없다.

'왜 시선을 뗄 수가 없는 거지?'

소량의 미간이 살포시 좁혀졌다. 무인은 가진바 무학만큼이나 육감을 믿게 마련이다. 소량 역시 무인, 그는 상대를 평범하게 여기면 안 될 것 같은 느낌을 받았다.

"이보시오, 진 시주. 듣고 있소이까?"

"…예?"

뒤늦게 각원 대사가 옆에 있음을 깨달은 소량의 표정이 머쓱해졌다. 자신의 안위를 먼저 돌보는 것은 결코 탓할 일이 아닌데도 불구하고 스님을 탓하고 말았다.

아무리 정도를 표방하는 소림사의 승려라지만, 자신도 나서기까지 수도 없는 고민을 겪었는데 그에게는 왜 얼른 나서지 않았냐고 따지다니. 역지사지로 생각하면 충분히 이해할 수 있는 일인 것을 말이다.

게다가 수염 지긋한 노승이기까지 하다.

그런 각원 대사에게 소리를 마구 질러댔다는 것을 상기하자 죄스러운 마음이 몰려들었다.

하지만 각원 대사는 그 시선을 다른 의미로 받아들였다.

"아직도 화가 나 계신 모양이로구려."

"예? 아닙니다."

소량이 어색한 표정으로 고개를 저었다.

각원 대사는 무릎을 꿇은 채 무언가를 안고서 흐느끼고 있는 장삼을 돌아보았다.

"아윤, 흐흑, 아윤아."

각원 대사가 눈을 질끈 감았다.

현령이 발고하는 백성을 다짜고짜 핍박할 때부터 나섰어야 했다. 그게 세존을 좇는 승려로서의 옳은 길이었으리라. 그렇게 하지 못했다는 것이 창피하기 이를 데가 없다.

'불도를 헛 닦은 게지.'

거기에 더해 곽채선이 진실로 화마와 연관이 있다는 것이 밝혀졌으니 마음이 더더욱 무거워진다. 끊을 수 없는 것이 천륜이라는데, 자식을 잃은 마음이 어떠하겠는가!

각원 대사는 장삼의 품에 안긴 작은 목마를 바라보았다. 아마 잃어버린 아이가 가지고 놀던 장난감이었으리라.

'사질들이 아무리 말리더라도 내 직접 제(祭)를 치러주어야겠다. 이제는 할 수 있는 일이 그것밖에 없으니.'

소림사의 장로가 직접 제를 치러주는 것은 거부(巨富)도 쉬이 누리지 못하는 호사였다. 사질들이 대신하겠다고 나설 것이 분명했지만, 각원 대사는 이미 마음을 정했다.

각원 대사가 어두운 얼굴로 중얼거렸다.

"무림에 몸담은 무인으로서도, 불도에 몸담은 승려로서도 면목이 없구려. 중생을 구제할 수 있다면 제 몸도 태우는 것이 보살이라는데, 시주께서 그리하시는 동안 구경만 했으니 사실 화를 내신다 해도 할 말이 없소이다."

소량은 그저 웃어 보일 뿐, 대답을 하지 않았다.

한동안 무거운 침묵이 흘렀다.

침묵을 깨고 각원 대사가 말을 이어나갔다.

"노여움을 풀라는 말은 하지 않겠소, 진 시주. 하나 혈마곡에 대해서는 말씀을 해주시구려. 소협께서는 어찌 곽채선, 곽 시주의 정체를 알게 되었소이까?"

"말씀 편히 하십시오, 스님. 저는 화가 나지 않았습니다. 그저 익숙하지가 않아서 그럴 뿐입니다."

사람들이 자신에게 절하는 상황은 다시는 겪고 싶지 않았다. 그들에게 인사를 받고자 한 일이 아니었다.

소량은 차라리 자신보다는 그들의 이웃 중에 죽어가는 아이가 있었음을, 미래를 잃어버리기엔 너무나 아까운 생명 하나가 있었음을 기억해 주기를 바랐다.

잠시 조용히 앉아 있던 소량이 입을 열었다.

"어차피 아셔야 할 일, 말씀 올리겠습니다."

소량이 할머니에 대한 것을 제외한 사실들을 설명해 나갔다. 동생이 혈마곡에 납치된 듯하여 추적을 시작한 일과 나전현에서 아이들이 실종되고 있다는 정보를 얻은 일, 잠복하여 동굴 하나를 발견한 일, 거기서 곽채선을 만난 일.

"허! 무림맹의 지부 하나가 이미 알고 있었단 말이오? 한데 어찌 상부에서는 모를 수가 있었을꼬?"

"매인하는 자들이 많으니 아이들의 실종이 큰 정보가 되지 못했겠지요."

"아미타불, 아미타불. 선후가 바뀌었구나. 백성들을 지키기 위해 혈마곡에 맞서는 것이 아니라 혈마곡에 맞서기 위해 백성들의 안위를 저버리고 말았어."

각원 대사가 크게 한탄을 토해냈다.

소량이 계속해서 설명을 이어나갔다. 아이들을 동굴에서 구출해 그 부모들을 찾아준 일, 부모들과 함께 신도문의 추적을 피해 떠돈 일.

설명을 모두 들은 각원 대사가 수염을 쓰다듬었다.

"으으음."

각원 대사가 시선을 돌려 청허 진인을 바라보았다.

하남연맹의 결성이 눈앞에서 깨어진 데다, 문파의 수장이 크게 다치거나 죽는 것을 본 나전현의 무림인들은 하나같이 좌절한 표정을 하고 있었다.

비록 외인이지만, 청허 진인은 명문대파인 무당파 장로로서의 경험을 살려 상황을 수습하는 중이었다.

'혈마곡의 속셈이 무엇인지 알 수가 없구나.'

각원 대사는 눈을 지그시 감았다. 가만히 있으려 해도 저절로 불호가 터져 나왔다. 잠시 그렇게 서 있던 각원 대사가 알았다는 듯 고개를 끄덕이고는 화제를 바꾸었다.

"참, 동생 분의 성함이 어떻게 되시오? 진 시주께서 괜찮다면 소림의 속가를 통해 알아볼 수도 있소이다만."

"예?"

불감청이언정 고소원이다.

소량이 얼른 자리에서 일어나 크게 읍해 보였다.

"감사합니다, 정말 감사합니다."

"허허, 이러지 마시오. 민망하기 짝이 없구려."

조금 전만 해도 천애검협이라는 별호에 어울리는 무위를 보였던 절대고수가 영락없이 시골 청년처럼 보인다.

각원 대사는 크게 미소를 짓고 말았다.

"그래, 동생 분은 성함이 어찌 되시오?"

"진가 사람으로 이름은 유선이라 합니다. 올해 열두 살이 된 여아로, 부끄럽지만 성격이 말괄량이와 같습니다."

"허! 진유선이라?"

각원 대사가 깜짝 놀란 얼굴로 탄성을 내뱉었다. 그는 '믿을 수가 없구먼. 그렇다면 그 소문이 정녕 사실이란 말인가?' 라고 중얼거리고는 소량에게 되물었다.

"정말로 진유선이라는 이름이오?"

"아, 아시는 이름입니까?"

각원 대사의 표정에 무언가가 있음을 짐작한 소량이 부쩍 초조해진 음성으로 되물었다.

각원 대사가 수염을 쓰다듬으며 답했다.

"천괴라는 별호는 널리 알려져 있지요. 창술의 절대고수이자, 삼천존 중 하나인 창천존 도무진 대협의 또 다른 별호가 천괴라오. 하지만 이제 효감현 부근에서는 천지이괴(天地二怪)라는 별호가 더 유명하다고 하오. 소문이 난 지 얼마 되지 않아 폐승도 나전현에 오는 길에서 들었소이다만."

"천지이괴?"

"그렇소이다. 항상 독보하던 천괴 도무진 대협이 언젠가부터 웬 여아를 지우(知友)라 칭하며 동행을 한다 하오. 한데 이 여아의 풍모 또한 괴걸(怪傑)이라! 벌써부터 세인들은 그녀를 지괴(地怪)라 부른다 하더이다."

아무리 들어도 지괴라는 여아의 정체가 진유선인 것만 같다. 소량은 이해할 수 없다는 듯 머뭇거리다 질문했다.

"그 지괴라는 사람이……."

"그렇소이다. 진유선! 그게 지괴의 이름이라오."

소량의 눈이 휘둥그레 커졌다.

第五章
천지이괴(天地二怪)

천애협로

1

 나전현에서 아이들이 실종되고 있다는 정보를 얻은 소량이 한창 일대를 수색할 무렵이었다.
 효감부에 큰 잔치가 있었다. 효감부의 지부대인인 성재우(成再虞)가 직접 주최하는 큰 연회였다.
 근방에 소문난 숙수들은 모조리 초빙됐고, 마을에 솜씨 좋다는 아낙이 있으면 거리낌없이 잡아 일을 시켰다.
 마을 전체가 흥분으로 뒤덮일 법한데도 사람들의 표정은 어둡기 짝이 없었다.
 현령 성재우라는 인물의 됨됨이가 가관인 것이다.

그는 재물과 색을 밝히기로 유명한 자였는데, 조정과 어찌 끈을 유지했는지 삭탈관직을 당하기는커녕 오히려 승승장구, 중앙으로의 진출까지 노리는 자였다.

 그것은 모두 그의 탁월한 정치 감각 덕택이었다. 그는 인맥을 유지하는 일이면 천금을 아끼지 않았고, 높으신 분들의 뒤를 닦아주는 일에는 밤을 새우는 노고도 마다하지 않았다.

 게다가 자신의 치부는 어찌나 철저하게 숨겼는지, 청렴한 관리들도 그를 호인이자 대인으로 착각할 정도였다.

 하지만 그중에서도 그가 최우선으로 여기는 것은, 바로 자신의 안위를 돌보는 일이었다. 그는 큰돈을 써서 강호 무림인 중에서도 호광삼호(湖廣三虎)라는 고수를 초빙했다.

 말로는 아들의 무사부로 모신 것이라 하지만, 그가 호광삼호를 이용해 구리구리한 일들을 처리한다는 것은 효감부 사람이라면 모두가 아는 일이었다.

 호광삼호라는 고수들이 있으니, 효감부 사람들은 맘 놓고 읍소 한 번 제대로 하지 못했다. 그저 '귀신은 왜 저놈을 안 잡아가나' 라고 뒤에서 쑥덕거릴 뿐, 그가 땅을 내놓으라면 주고 죽는 시늉을 하라면 죽는 시늉을 해야 하는 것이다.

 그런 효감부의 현문에 때아닌 소란이 일어났다.

 "어린 계집아이가 못하는 말이 없구나!"

 효감부의 문지기를 맡고 있는 곽송(廓松)이 엄히 말했다.

그렇지 않아도 밤이 깊어가도록 부어라 마셔라 하는데 자신은 문지기나 맡게 되어 속이 뒤틀리던 참이다.

그런데 다 늦은 밤에 웬 거지꼴을 한 계집아이가 찾아와 들여보내 달라고 칭얼거리는 것이다.

"맛난 걸 먹고 싶으면 네 어미나 졸라라! 언감생심 지부대인의 연회에 참석하겠다니! 이곳은 유명한 시인묵객도 겨우겨우 참석할 수 있는 곳으로, 거지꼴을 감안하더라도 어린 계집아이가 끼어들 수 있는 곳이 아니다!"

"흥! 옛말에 굶어 죽는 사람이 나오는 것은 다스리는 이의 수치라 했는데, 이대로 돌아가면 나는 굶어 죽고 말걸! 그러니 상전을 수치스럽게 하고 싶지 않으면 나를 들여보내 주는 것이 좋아."

"그게 무슨 개소리… 아니, 근데 이 어린년이 간이 배 밖으로 나온 것이 분명하구나! 예를 갖춰도 모자랄 판에 감히 반말을 해?"

좋게 말하면 거한이고, 나쁘게 말하면 사람인지 멧돼지인지 알 수 없을 정도로 뚱뚱한 곽송이다.

그런 곽송을 본 아이들은 대개 겁을 집어먹게 마련인데, 계집아이는 맹랑하기 짝이 없었다.

"내 오늘 네년을 가만히 두면 사람이 아니다!"

곽송이 주먹을 불끈 쥐고 휘둘렀다.

진짜로 때릴 생각은 없었다. 그저 겁을 먹고 넘어지기라도 하면 크게 웃으며 돌려보낼 생각이었다.
　"엄마야, 무서워라!"
　어린 계집아이가 호들갑을 떨며 곽송의 주먹을 피했다. 하도 호들갑을 떨며 도망을 치다 보니 계집아이의 팔이 곽송의 오금을 툭 치고 지나갔다.
　"헉?"
　곽송은 하마터면 무릎을 꿇을 뻔했다. 그저 어린아이의 손길일 뿐인데, 하필이면 그때 다리가 반쯤 접혀 있었던 까닭에 균형을 잃고 만 것이다.
　"푸하하! 곽가 자네, 저만한 계집에게 뭔 꼴인가!"
　동료가 크게 웃음을 터뜨리자 곽송의 얼굴이 붉으락푸르락 달아올랐다. 오늘 이처럼 모욕을 당했으니, 계집아이를 혼내주지 않으면 내일부터 얼굴을 들고 다닐 수가 없을 것이다.
　"네가 자초한 일이니 나를 원망하지 마라!"
　곽송이 힘껏 몽둥이를 휘둘러 겁을 주었다.
　그러나 계집아이는 태연했다.
　"아니, 이년이?!"
　약이 오른 곽송이 이번에는 진짜로 때릴 요량으로 몽둥이를 휘둘렀다. 계집아이는 그제야 이리저리 발을 놀리며 도망을 치기 시작했다.

"어이쿠! 무섭다, 무서워!"

웅웅 소리를 내며 몽둥이가 오가는데 계집아이는 한 대도 맞지 않았다. 이리 데굴, 저리 데굴 호들갑을 떨며 도망을 치는데 도리어 곽송의 발이 꼬일 것만 같았다.

"으아아! 이럴 수가!"

화가 잔뜩 난 곽송이 몽둥이를 온 힘껏 움켜잡을 때였다. 처음에는 웃음기 어린 얼굴로 바라보던 곽송의 동료가 다급히 달려와 그를 말렸다.

"이제 그만하게, 그만해! 자칫하면 사단이 나겠네!"

"흥! 효감부의 놀림거리가 되느니 차라리 저 계집아이를 죽이고 말……"

"쉿! 사단이 나는 것은 자네일지도 몰라."

염소수염을 한 동료, 유주표(柳朱標)가 조심스레 계집아이를 돌아보았다. 한때 표사 생활을 한 적이 있던 그는 '어린아이와 여인을 조심하라'는 강호의 격언을 잘 알고 있었다.

'틀림없는 보법이었다, 보법. 게다가 겁도 없이 저렇게 반말을 찍찍 날리는 것으로 보아 뒷배가 있어. 몰골을 보아하니… 아마 개방의 여제자인 모양이다.'

구파일방 중 하나인 개방의 여제자라면 연회에 충분히 참석할 자격이 있다.

"보아하니 제 동료가 실수를 한 모양입니다요. 저도 겉모습을 보고 착각을 할 뻔했습지요. 여협께서는 틀림없이 개방의 여제자이실 테지요?"

"개방의?"

곽송이 행동을 멈추고 미심쩍게 계집아이를 바라보았다.

계집아이, 아니, 진유선도 당황하긴 마찬가지였다.

함께 다니는 창천존 할아버지에게 개방이니 뭐니 하는 소리를 들은 적이 있는데, 하필이면 그때가 밤이라 듣는 둥 마는 둥 하고 쿨쿨 잠을 자버리고 말았다.

'뭐, 착각한다면 좋은 일이지.'

진유선은 긍정도, 부정도 하지 않기로 했다.

그러고 있자니 가슴속이 부글부글 끓어오른다. 어렸을 때라 잘 기억은 안 나지만, 과거 진유선도 이런 대가(大家)에 구걸을 왔다가 호되게 매를 맞은 적이 있었던 것이다.

"겉모습만 보고 판단한 게 더 나빠. 가난한 이가 있으면 돕는 것이 인지상정인데, 안에서 몰래 먹을 거라도 빼내어 나눠 주면 좋을 거 아냐?"

"예, 예. 다음부터는 그렇게 하겠습니다요."

유주표가 헤실헤실 웃으며 말하고는, 얼른 뒤편의 문으로 진유선을 안내했다. 진유선은 자신이 영웅이라도 된 듯한 기분에 어깨를 당당히 편 후 헛기침을 내뱉었다.

"에헴."

어린 계집아이가 허세를 부려봤자 귀엽기만 할 뿐이다.

허리춤에 단봉 세 개를 대롱대롱 매달고 지나가는 것을 본 유주표가 눈을 가늘게 떴다.

'단봉 세 개라? 역시 무학을 익힌 것은 분명해. 결이 보이지 않는 것으로 보아 입문한 지 얼마 안 된 모양이니, 이곳엔 스승의 부탁을 받고 온 것일 거야.'

곽송이 그런 유주표의 옆에 서서 고개를 들이밀었다.

"정말로 저 계집아이가 개방의 여협이신가?"

강호의 행사는 은밀하기 짝이 없어 세간에 쉽게 알려지지 않는다. 곽송은 무림인이랍시고 코끝을 높이 드는 족속을 몇 알고 있었지만, 그들이 한낱 낭인이나 파락호에 불과하다는 사실을 잘 알고 있었다.

하지만 곽송은 한때 표사 생활을 해본 적이 있어 견문이 무지하게 넓은 유주표를 믿고 있었다. 유주표가 그렇다고 하면, 그런 것이다.

"내 무공이라고 말하기에도 부끄러운 잡술이나 배웠을 뿐이지만, 최소한 상대가 나보다 강한지 아닌지 정도는 알 수 있다고. 아까의 보법은 신묘한 맛이 있는 것이었어."

"허, 참. 아무리 그래도 나이가 저렇게 어린데 무공을 익혀봐야 얼마나 익혔으려구."

"이 친구야. 저만한 계집아이가 혼자 나설 때부터 알아봤어야지. 저렇게 어린 제자를 보내놓고 스승이 가만히 있겠나?"

"그렇군!"

곽송이 탄성을 토해냈다. 유주표는 다시금 위풍당당 걸어가는 계집아이를 돌아보았다.

"문제는 그 스승이 얼마나 강하느냐는 것인데……."

호광삼호는 무림인이 시비를 걸면 공연히 맞서다 피해를 입지 말고 차라리 순순히 들여보내라 했다. 자신들이 있는 한 걱정할 거리가 없다면서 말이다.

저 계집아이의 스승이 약한지, 강한지는 모르겠지만 시킨 대로 한 것뿐이니 거리낄 것이 없다.

유주표는 공연히 풍파나 일어나지 않았으면 좋겠다고 생각하며 다시 문지기의 임무에 집중했다.

진유선은 생전 처음 보는 연회에 눈을 휘둥그레 떴다. 좌측에 동그란 쟁반 같은 것을 걸어놓고 챙챙 치는 사람이 있었는데, 그 앞에는 피리를 불거나, 줄을 팅팅 팅기는 사람들이 스물 남짓 앉아 있었다.

진유선으로서는 처음 보는 악공(樂工)들이었다.

귀를 기울여 보니 제법 듣기 좋은 소리가 났다.

'듣기 좋은데? 특히 저 피리 소리가 좋으니 나도 언젠가 배

워봐야겠다. 큰오빠에게 들려주면 좋아할 거야.'

하지만 음악을 듣는 사람은 거의 없었다.

듣기 좋은 소리인데도 사내들은 경청하는 대신 술을 마셔대며 커다랗게 웃을 뿐이었고, 여자들은 코가 막혔는지 맹맹한 소리로 대인, 대인을 외치거나 할 뿐이었다.

'비단옷이다!'

연회장 한가운데에는 선녀 같이 예쁜 언니들이 옷자락을 펄럭이며 춤을 추고 있었다. 색색 비단이 나풀거리자 진유선은 입을 헤벌리고 나도 입고 싶다, 라고 중얼거렸다.

비단옷을 입은 예쁜 언니들이 춤추는 곳을 지나면, 상석이 보인다. 돼지처럼 잔뜩 살이 찐 사람과 뼈다귀마냥 깡마른 사람이 예쁜 언니들을 앉혀두고 마구 껴안고 있었다.

아직 남녀 간의 일을 잘 모르는 진유선은 '저렇게 비벼대니 갑갑하겠구나'라고 생각하다가, 눈앞에 빈자리가 하나 있음을 깨닫고 얼른 다가가서 자리에 앉았다.

본래 누가 먹다 남기고 떠난 상이었지만, 진유선이 앉자 그대로 그녀의 차지가 되었다. 진유선의 태도가 너무 태연했던 고로 치우러 왔던 시비들은 이상하다는 듯 고개를 갸웃했을 뿐 그녀를 말리거나 하지 않았다. 연회장 안에 들어왔다는 것은 그만한 자격이 있다는 뜻, 아무리 나이 어린 여아라도 무시해서는 안 된다.

시비 하나가 다가와 진유선에게 질문했다.
"부족하신 것은 없나요?"
"네? 어, 없어요……."
진유선이 어색해하며 말하자 시비가 까르르, 실소를 터뜨리며 사라졌다. 진유선은 왠지 무시당한 기분에 입술을 비죽거리다가 이내 상으로 고개를 돌렸다.

딱 한 입만 먹고 대충 내려놓은 먹음직스러운 오리고기와 잔칫날이 아니면 먹을 수 없던 우육채가 있었다. 심지어 말린 전복과 해삼을 전분에 섞어 볶은 보채도 있다.

그것만으로도 진유선의 감탄을 불러일으키기에 부족함이 없는데, 그 옆에 더더욱 감탄스러운 것이 놓여 있다.

'우와, 술이다!'

큰오빠 소량이 알면 꿀밤을 때릴 것이고, 작은 오빠 승조가 알면 혀를 찰 것이고, 막내 오빠 태승이 알면 사흘 밤낮을 가리지 않고 서책만 읽게 할 것이며, 영화 언니가 알면 죽을 때까지 볼기를 후려칠 테지만, 지금은 아무도 없다.

진유선은 쫓기는 사람처럼 다급히 술을 입에 부었다.
"푸흡!"
쓰다. 써도 너무 쓰다.

하마터면 술을 뿜을 뻔했던 진유선이 겨우 그것을 삼키고는 눈물이 그렁그렁 맺힌 얼굴로 술잔을 내려놓았다. 다시는

술을 마시지 않을 것이라 생각하며 진유선은 오리 다리를 죽 뜯어 한입 크게 베어 물었다.

오물오물 씹다 보니 고소한 육즙이 배어 나온다.

'맛있구나, 맛있어.'

그렇지 않아도 얼마 전, 오리고기가 먹고 싶다 칭얼거리는 또래 소년을 만났었다.

재작년 생일에 먹어봤는데 너무나 맛있었다고 자랑을 하기에, 나는 자주 먹는다 했더니 도통 믿어주질 않았다. 실제로 창천존 할아버지와 다니며 많이 먹었는데.

'흥, 거짓말이 아니야. 지금도 이렇게 먹고 있잖아.'

승리감에 의기양양해야 마땅한데, 진유선은 오히려 맛이 떨어지는 것을 느꼈다. 오가는 길에 보았던 그 소년은, 예전에는 자기 밭도 있고 엄마도 만날 웃고 그랬었다고 했다.

하지만 지부대인이 바뀐 이후부터는 달랐다. 지부대인은 온갖 핑계를 대어 밭을 가져가고, 엄마도 데려가서 다음날 돌려주었다. 엄마는 그 이후로 한 번도 웃지 않았다고 했다.

'……'

말은 안 했지만, 소년의 엄마는 참으로 예뻤다. 도통 웃지를 않아서 그렇지, 웃기만 하면 참으로 포근해 보일 것 같은 여인이었다.

자기한테도 엄마가 있었으면 그만큼 예뻤을 텐데.

"흥!"

진유선은 오리고기를 씹다가 퉤 하고 뱉어버렸다.

그때, 상석에서 커다란 웃음소리가 들려왔다.

"거부가 뭐 별건가? 땅이 많으면 그게 거부지. 부자라 자부하는 작자들은 상행의 중요성을 크게 여기고 땅의 중요성을 잊고 살지만 사실 사람은 땅이 있어야 사는 법이라오."

"그렇게 땅이 많으시다니, 소인에게 몇 두 팔지 않으시겠습니까? 새 장원을 하나 짓고 싶어서 말입니다."

"까짓 못 팔 것도 없지요! 이래 뵈도 관직에 오른 후로 청렴하게 살아온 터라, 재물에는 크게 관심이 없다오."

돼지 같은 사내가 호탕하게 웃으며 말했다. 그러나 깡마른 사내가 말한 '팔라'는 말은 그런 뜻이 아니었다.

"대인의 땅이 아닌데도 팔 수 있겠습니까?"

"흐음. 눈독을 들이신 곳이 있는 모양이로구려."

"나이가 이쯤 되면 심산유곡에 살고 싶어지지요. 지부대인께서 손을 좀 써주신다면 내 크게 사례하겠습니다."

"그래, 어떤 땅이오?"

돼지 같은 사내, 아니, 지부대인 성재우가 말했다.

곧 깡마른 사내가 무어라고 설명을 하기 시작했다. 말이야 길었지만, 그곳에 철맥이 있는 것 같다는 것이 요지였다.

"에이, 그것은 별로 관심이 없소만."

철광산이라면 조정에서도 관심을 갖는 법이다. 공연히 끼어들었다가 유유자적한 생활에 초를 칠 우려가 있는 것이다. 지부대인이 고개를 젓자, 깡마른 사내가 의미심장한 미소를 지었다.

"그곳 주인인 곽가의 아내가 제법 미색이 곱다지요?"

"그렇소이까?"

이번에는 지부대인이 관심을 보였다. 곧 깡마른 사내가 듣기에도 민망한 색담을 꺼내는데, 지부대인은 세상에서 가장 중요한 이야기를 듣는 것 마냥 귀를 기울였다.

잠시 뒤, 지부대인이 말했다.

"하! 그렇다면 한 번 고심해 보겠소이다. 사실 땅 주인이야 언제든지 바뀔 수 있는 것 아니겠소? 물론 내 그 미색을 확인해 본 후여야겠지만 말이오."

상석 아래서 듣고 있던 진유선의 표정이 구겨졌다.

'또다시 땅을 빼앗겠다고?'

본래의 주인은 땅을 빼앗겨 하루 한 끼니 먹기를 버거워하며 사는데, 지부대인이라는 작자는 날마다 이런 오리고기를 먹고 보채를 먹을 것이다.

'백성들의 고혈을 빨아먹는다는 말이 진짜였구나. 하루 종일 일해서 땅을 마련해도 저런 자가 빼앗아가니 피를 빨아먹는 것과 다를 바가 무어람?'

천지이괴(天地二怪) 151

진유선은 문득 할머니를 만나기 전의 자신을 떠올렸다.

그러자 화가 나서 참을 수가 없었다. 저 돼지의 볼기를 활짝 까놓고 엉덩이를 두드려야만 화가 풀릴 것 같았다.

휙—

진유선이 먹던 오리 다리를 집어 던졌다. 나름대로 무학의 효용을 좇아 던진 것이지만, 아직 근력이 떨어지는 터라 빠르게 쏘아지지 않고 공중을 빙글빙글 회전하며 날아간다.

"백성들의 고혈이 이런 맛이로구나!"

진유선의 말이 끝나기가 무섭게 오리 다리가 지부대인의 볼살에 철푸덕 부딪혔다. 화들짝 놀란 지부대인이 바닥에 떨어진 오리 다리를 내려다보고는 볼살을 부들부들 떨었다.

"아니, 이게 무슨……."

"남의 땅 빼앗아 먹는 고기 맛이 좋더냐? 흥!"

상석에 서서 시선을 내려다보니, 열두세 살이나 먹었음직한 어린 여아가 표독스럽게 자신을 바라보는 것이 보였다.

지부대인은 황당하다는 듯 입을 벌렸다.

"네년은 누구냐?"

장내에 흐르던 은은한 음악이 멈추고, 나풀나풀 춤을 추던 예기들도 행동을 멈추었다. 술을 마시던 유생도, 교태를 부리던 기녀들도 멍하니 진유선을 바라볼 뿐이었다.

사람들의 시선이 집중되자 진유선이 당당하게 외쳤다.

"공맹을 배워서 관리가 되었으면 백성들을 잘 살게 해줘야지, 땅을 빼앗고 여색을 밝혀? 오늘 이 누나가 크게 교훈을 내려줄 테니, 잘 듣고 다음부터는 착하게 살도록 해!"

여색을 밝힌다는 말이 무슨 뜻인지 몰랐지만, 그게 나쁜 일이라고 생각했기에 진유선은 부끄러움 하나 없이 외쳤다.

지부대인은 고개를 절레절레 저었다. 아무래도 언젠가 피해를 입은 적이 있는 백성의 여식이 찾아온 모양인데, 이럴 경우에는 상대하면 할수록 바보가 된다.

"공연히 파흥을 했소이다. 악공들은 무엇 하느냐? 풍악을 울리지 않고. 관졸들은 나와 이 계집을 옥사에 가두어라."

"예, 대인!"

우렁찬 목소리와 함께 관복을 입은 관졸 서너 명이 진유선에게로 다가왔다. 진유선은 허리춤에 매달린 단봉을 낑낑거리며 끼워 맞췄다. 본래대로라면 더 빨랐을 것인데, 관졸들이 오기 전에 해내야 한다는 생각에 초조해지고 말았다.

"오빠야!"

마침내 관졸이 다가오자 엄마 대신 오빠를 찾으며 유선이 도도도 도망을 쳤다. 그 몰골이 우스웠기로 장내의 많은 사람들이 폭소를 터뜨리고 말았다.

"으하하! 겁을 먹었구나, 겁을 먹었어!"

관졸들이 얼른 뒤를 쫓았지만, 이상하게도 진유선을 잡을 수가 없었다. 이리 뛰고, 저리 뛰고 하는데 시선만 어지러울 뿐 가까이 가기조차 어려운 것이다.
"이 쥐새끼 같은 계집년이!"
진유선은 욕설을 내뱉는 관졸을 흘겨보고는 마지막 단봉을 끼워 맞췄다.
이제 단봉 세 개는 하나로 이어져 장봉이 되었다.
도망을 치던 진유선이 뱅그르르 몸을 돌렸다.
"너! 이 누나에게 욕을 했겠다? 이 누나가 상관보다 먼저 네 볼기를 까고 두드려 주마!"
"으하하! 이거 아주 걸물이로다! 제가 무슨 강호의 고수라고……."
배가 찢어져라 웃던 누군가가 입을 다물었다.
앞으로 껑충 뛰어오르는가 싶던 진유선이 신묘한 수법으로 관졸의 뒤편으로 돌아가더니, 이내 그의 하의를 강제로 벗기고 장봉으로 엉덩이를 두들긴 것이다.
찰싹!
"으헉?"
엉덩이에서 느껴지는 통증과 하의가 벗겨진 창피함에 관졸이 비명을 질렀다. 진유선은 발로 그의 엉덩이를 뻥 걷어차고는 다른 관졸에게로 달려들었다.
"얍!"

맹랑한 기합 소리와 함께 진유선의 장봉이 관졸 한 명의 명치를 찔렀다. 그리고 크게 휘두르는데, 장봉이 명치를 찔린 관졸의 옷을 북 찢고 지나가 다른 이의 뺨을 후려친다.

"커헉!"

이가 부러지는 통증에 관졸이 얼굴을 감싸 쥐었다.

지부대인의 표정이 서서히 바뀌었다.

'어디서 뭐라도 배워온 계집년인 모양이로구나.'

그렇다면 공연히 관졸을 앞세워 망신을 당할 필요가 없다. 비록 어린 계집아이지만 무학을 제대로 배운 모양이니, 고수로서 상대하게 하여야 했다.

"관졸들만으로도 충분하겠지만, 망신을 당하고 나니 참을 수가 없구려. 호광삼호께 부탁을 드려도 되겠소?"

"으음."

별것 아닌 일에 나서봐야 체면만 깎인다고 생각했기에, 호광삼호는 계집아이의 난동에 신경을 쓰지 않았다.

그저 구석에 셋이서 앉아 옆에 낀 기녀의 가슴이나 주무르고 있었을 뿐이었다.

'보법이야 고작 구궁보지만, 창술이 예사롭지 않구나. 저만한 나이에 함부로 나섰을 리는 없으니 뒷배가 있을 터. 제압하긴 하되, 최대한 예의를 갖추어야겠다.'

호광삼호 중 맏형인 광호(狂虎)가 날카로운 눈으로 주위를 둘러보며 생각했다. 혹시라도 있을지 모르는 계집아이의 스승을 경계하는 것이다.

"막내야, 네가 나가서 모셔오너라."

막내인 비호(飛虎)는 '모셔오라'는 한마디로 광호의 의도를 읽어냈다. 제법 매끈하게 생긴 비호가 호감이 절로 가는 미소를 지으며 진유선에게로 다가갔다.

"소여협, 선사께서는 어디에 계시지요?"

"기생오라비처럼 생긴 놈이 우리 할아버지는 왜 찾아?"

흠칫.

그렇지 않아도 사내답다기보다는 계집처럼 곱상한 얼굴을 꺼림칙하게 여기던 비호였다.

비호는 그래도 억지로 미소를 지었다.

"그래요, 그래. 여협의 할아버지는 어디에 계시지요?"

"흥! 네 머리 꼭대기에 있다, 왜?"

진유선이 그렇게 말할 때였다. 어느새 지근거리에 다가온 비호가 깜짝 놀랄 만큼 빠른 속도로 금나수를 펼쳐 진유선의 뒷덜미를 잡아갔다. 아직 나이 어린 진유선으로서는 비호의 금나수를 감당할 수 없었다.

"오빠야!"

진유선이 또다시 비명을 지를 때였다.

귓가에 다급한 전음성이 들려왔다.

[어이쿠, 기(起)!]

진유선은 시킨 대로 충실히 따랐다. 목덜미를 잡건 말건, 바닥에 짚고 있던 장봉의 끝을 툭 차올려 위로 휘두르는 것이다. 공교롭게도 그 사이엔 비호의 가랑이가 있었다.

퍽!

"끄허읍!"

비호가 비명을 내지르며 주저앉았다.

진유선의 귓가에 커다란 웃음소리가 들려왔다.

[푸하하하!]

진유선의 입가도 웃음을 참으려는 듯 부들부들 떨리고 있었다. 거품을 문 비호의 표정이 너무 웃겼던 것이다.

"소여협, 강호의 도의가 있는데 어찌 그런 곳을 공격한단 말이오? 선사께 그런 것은 가르침 받지 못하셨소?"

이번에는 호광삼호의 둘째 투호(鬪虎)가 나섰다.

그의 발걸음은 느릿했는데, 신기하게도 걸음을 옮길 때마다 신형이 쭉쭉 앞으로 뻗어나간다.

"흥! 다치고 싶지 않으면 가까이 오지 마. 이 누나는 저 돼지의 볼기짝을 후려쳐야만 돌아갈 것이니까 말이야."

"그것은 곤란하오, 곤란해. 소인이 모시는 분인데 어찌 두고 볼 수 있겠소."

어느새 진유선의 앞에 당도한 투호가 날카로운 조법으로

진유선의 어깨를 잡아갔다. 진유선은 깜짝 놀라 뒤로 물러섰다가, 귓가에 전음성이 들려오자 다시금 앞으로 쏘아졌다.

[때로는 앞으로 피하는 것이 나을 때도 있느니!]

제압에 실패한 투호가 짧게 탄식하며 양손으로 어지러이 교차했다. 진유선이 크게 당황하여 손길을 따라 눈동자를 굴릴 즈음, 귓가에 또다시 전음성이 들려왔다.

[선(先), 발(發), 쾌(快)!]

먼저 발출하되, 빠르게!

[회(回), 다시 기(起)!]

진유선이 장봉을 넓게 잡고는 앞으로 찌르자 투호가 한 걸음을 물러났다. 여유를 얻은 진유선이 봉을 크게 회전함과 동시에 허공에서 한차례 몸을 뒤집었다.

그리고 그 속도 그대로 아래서 위로 장봉을 휘두른다.

장봉의 끝이 이번엔 투호의 아래턱을 강타했다. 투호는 결국 턱을 움켜쥔 채 뒤로 물러나고 말았다.

"아하하! 봤어? 이 누나의 실력이 이 정도······."

[원(圓)!]

진유선이 말을 마치기도 전에 다급히 전음성이 들려왔다. 진유선은 더 볼 것 없이 장봉을 좌로 휘둘렀다. 장봉이 암습을 가하듯 은밀하게 다가왔던 광호의 얼굴을 후려쳤다.

"이 계집!"

통증이 상당했지만 참아내지 못할 것도 아니다. 문제는 통증보다 분노였다. 광호는 장봉에 얻어맞아 붉어진 얼굴만큼이나 빨개진 눈으로 진유선을 노려보았다.

 처음에는 스승이 부근에 있음을 감안해 가볍게 처리하려 했었다. 하지만 형제 세 명이 모두 망신을 당했으니 이제는 어쩔 도리가 없게 되었다. 여기서 손속을 독하게 쓰지 않으면 무림을 살아갈 수가 없다.

 광호가 작정하고 나서자 진유선이 비명을 질렀다.

 "자, 잡힌다! 할아버지!"

 진유선이 도도도 도망가며 외쳤다. 목덜미가 잡힐 것 같으면 앞으로 데구루루 구르고, 손으로 바닥을 짚어 재주를 넘기도 한다. 하지만 이상하게도 그럴 때마다 광호의 손은 진유선을 잡지 못하고 허공만 움켜쥘 뿐이었다.

 "으아, 빨라! 할아버지! 안 도와줄 거예요?"

 "이 쥐새끼 같은 계집!"

 광호는 진유선의 보법이 상승의 것임을 알아차렸다. 언뜻 보기엔 평범한 구궁보에 가깝지만 보법의 행로가 완전히 다르다. 갓 열두세 살쯤 되어 보이는 여아가 자신의 손길을 쉬이 피할 수 있을 정도니 그를 가르친 스승의 무학은 얼마나 뛰어나겠는가!

 오늘의 행사에 길보다 흉이 많은 셈이었다.

'흥, 그렇더라도 상관없다! 은거하신 스승을 모셔오는 한이 있더라도 내 저 계집만큼은 가만히 두지 않으리라!'

진유선을 쫓아가던 광호가 목청껏 외쳤다.

"오늘 우리가 큰 망신을 당했으니, 형제들은 나서서 저 요망한 어린년을 잡아들여라!"

"예, 대형!"

투호가 가장 먼저 뛰어들었고, 겨우 통증을 수습한 비호가 그 뒤를 쫓았다. 가장 앞선 광호가 허리춤에서 귀두도를 뽑아들었다.

스르릉—

무인의 정련된 살기는 두렵다. 아직 무인이라기보다는 범인에 가까운 진유선은 겁을 덜컥 집어먹었다.

"할아버지! 정말 이럴 거예요?"

진유선이 두려운 듯 뒷걸음질 치며 외칠 때였다.

진유선 뒤쪽의 담벼락에서 무언가 쿵 떨어지는 소리가 났다. 떨어진 것은 노인이었는데, 그는 아프지도 않은지 배를 붙잡고 웃는 중이었다.

"푸하하! 도망치는, 도망치는 모습이!"

"할아버지이!"

진유선이 울상을 지으며 외쳤지만, 노인은 앞으로 나서지 않고 여전히 배를 잡고 웃을 뿐이었다.

"원숭이 같아, 원숭이! 으하하!"

하지만 호광삼호는 쉬이 움직일 수 없었다. 마침내 계집아이의 스승이 등장하고 만 것이다. 광호가 정중한, 하지만 차갑기 짝이 없는 얼굴로 읍을 해 보였다.

"고인께서는 뉘시기에 이처럼 어린 여제자를 동원해 저희를 핍박하시는지요?"

"응? 지금 내 이름을 묻는 것이더냐?"

웃느라 눈물까지 고였는지, 노인이 소매로 눈가를 훔치고는 되물었다. 그리고 잠시 무언가를 고민하다가 이내 고개를 절레절레 저었다.

"아니야, 아니야. 계집아이도 살수를 펴지 않는데, 다 큰 놈들이 살수를 펼치는 것으로 보아 너희는 악인일 거야. 너희 말에 순순히 대답한다면 훗날 친구들이 악인이 시키는 대로 했다며 비웃지 않겠느냐? 나는 아예 너희의 질문에 반대로 대답할 테다."

도대체 그게 무슨 소리란 말인가!

노인의 말을 알아듣지 못한 광호가 거듭 읍을 했다.

"제 이름은 금인하(金仁河)라고 하는데, 강호 동도들은 광호라는 별호로 부릅니다. 신응협(神鷹俠)께서 제 스승이 되십니다. 고인께서는 성함을 알려주시지요."

신응협 반가호(畔加護)는 정사지간의 인물로 호광에서는

모르는 이가 없는 고수였다. 광호는 지금 은근슬쩍 스승의 이름을 빌려 진유선과 노인을 협박하고 있었던 것이다.

"흥! 나는 알려주지 않을 테다!"

"고인께서 진정 후배들을 농락하시겠다면……."

광호가 당장에라도 출수할 것처럼 나설 때였다. 머리가 똑똑하기로 유명한 막내, 비호가 그를 가로막았다.

"그렇다면 고인께서는 절대 성함을 알려주지 마십시오."

"응? 알려주지 말라고?"

노인이 의아한 표정을 지었다가 고집스레 말했다.

"그렇다면 반드시 가르쳐 주어야지. 나는 도가 사람으로, 이름은 무진이라 한다. 친구들은 나를 천괴라고 부르지."

"헉? 천괴!"

순식간에 장내가 싸늘해졌다. 무림에 대해 아는 사람도, 무림을 모르는 사람도 입을 다물어 버리고 만 것이다.

천괴라면 삼천존 중 하나, 창천존이 아닌가!

지부대인은 입을 크게 벌리고 창천존을 바라보았고, 장내에 있는 사람들은 혹시라도 불똥이 튈까 두려워 벌써부터 도망을 칠 준비를 하고 있었다.

그때, 비호가 눈을 가늘게 뜨고 광호에게 속삭였다.

"대형, 그럴 리가 없습니다. 설마 하니 창천존 도 대협께서 저런 광인이실 리 있겠습니까?"

광호가 비호의 말에 일리가 있다는 듯 고개를 끄덕였다. 비호가 계속해서 말을 이어나갔다.
 "이는 틀림없이 허장성세이니, 대형께서는 너무 신경을 쓰시면 아니 될 것입니다."
 "흥! 나더러 내가 아니라니! 나를 약 올리려는 게냐?"
 창천존이 화가 나서 견딜 수 없다는 듯 발을 한차례 굴렀다. 그러자 지진이라도 난 것 같은 굉음이 울려 퍼졌다.
 쿠웅—!
 "이, 이게 무슨?!"
 소리보다 놀라운 것은 사람들의 몸이 공중에 한 치나 떴다가 바닥에 떨어지고 말았다는 점이었다. 그것도 한두 명이 아니라, 장내에 있는 사람 모두가.
 쿵, 쿠웅—!
 창천존이 재차 발을 구르자 사람들의 신형이 들썩들썩했다. 비호의 말에 일리가 있다고 여겼던 광호는 이제 다리를 부르르 떨고 있었다. 모두가 들썩이는데 오직 계집아이만 들썩이지 않고 서 있다.
 이것은 신인(神人)이 아니고서야 불가능한 것이다.
 '지, 진짜 창천존이다!'
 진짜 창천존이라고 생각하니 입가에 침이 마르고 사지가 떨린다. 감히 창천존을 적대했으니 이제 어찌한단 말인가!

천지이괴(天地二怪) 163

잠시 뒤 진동이 멈추자, 광호가 재빨리 머리를 숙였다. 비호나 투호는 이미 무릎을 꿇고 머리를 조아린 채였다.

"호, 호광삼호가 사, 삼가 창천존 대협을 배알합니다. 부디 무례를 용서하십시오. 저희는 그저……."

"그래! 나더러 내가 아니라고 했거니와, 감히 내 지우에게 살수를 쓰려고 했으니 응당 빌어야지! 내게 사과했으니 이제 내 지우에게 사죄할 차례로구나!"

저렇게 어린 계집애가 창천존의 지우라니?

창천존이 천괴라 불릴 정도로 괴팍하다는 것은 알지만, 설마 하니 이렇게 배분을 무시할 줄은 몰랐다. 배분만 따지자면 저 소녀는 구파일방의 장문인과 동배가 되는 것이다.

더 이상한 것은 진유선의 태도다. 그녀는 자연스럽게 창천존이 친구라는 사실을 받아들이고 있었다.

"그래, 나는 할아버지의 친구니까 내게도 사과해! 나에게 칼질을 하려고 했지?"

"소, 송구합니다! 여협께서는 부디 용서를……."

광호는 자신이 무어라고 하는지도 모른 채 계속해서 용서를 빌었다. 그 침착하고 냉철하다는 입에서 '세상에서 제일 어여쁘신 여협, 잘 좀 봐주십시오'라는 소리까지 나왔다.

진유선이 어깨를 으쓱해 보이고는 이번엔 지부대인에게로 고개를 돌렸다.

"그리고 너! 엉덩이를 까고 볼기짝을 칠 테다!"

"헉!"

그렇지 않아도 뚱뚱한 몸을 사시나무 떨듯 떨고 있던 지부대인이 엉덩방아를 찧으며 주저앉고 말았다.

그 무학도 무학이지만, 창천존은 관과도 연관이 있는 사람이다. 그가 학문을 닦던 시절에 동문수학하던 사람들이 지금 조정의 요직에 있는 것이다.

이제 빼도 박도 못하고 볼기짝을 맞게 생겼다.

"여, 여협. 부디······."

지부대인은 울상을 지은 얼굴로 자신에게로 걸어오는 진유선을 바라보았다.

결국 지부대인은 작지만 매서운 진유선의 장봉에 엉덩이를 열일곱 대나 얻어맞고 말았다. 진유선이 나름대로 힘껏 내려친 고로, 엉덩이에서 살이 찢어지고 피가 튀었다.

진유선은 피가 튀는 것을 보고 겁을 집어먹고는 더 이상 못 때리겠다고 말했다.

천하의 창천존을 적으로 둘지도 모른다는 불안감에 지부대인은 제 입으로 자신의 죄를 소상히 고했다.

무슨 이유에서 찾아왔는지 알 수만 있다면 그것만 고할 텐데, 왜 찾아왔는지를 모르니 하나씩 하나씩 모두 말하는 수밖

천지이괴(天地二怪) 165

에 없었던 것이다.

 진유선은 몹시 분개해서 그에게 빼앗은 땅을 돌려주고, 함부로 데려간 여인에게는 그만큼의 보상을 하라고 고함을 질렀다. 지부대인은 반드시 그러겠노라 약속했다.

 지부대인은 예의상 잠시라도 머물다 가라는 말을 남겼지만 진유선과 창천존은 그를 거부하고 강호로 나섰다. 지금도 진유선은 창천존의 품에 안겨 관도를 걸어가는 중이었다.

 "할아버지, 우리 오빠가 소문을 들을까요?"

 소문이 퍼지는 것은 명약관화한 일이다. 지부대인이 볼기 짝을 맞았으니 어찌 소문이 퍼지지 않겠는가? 문제는 그것을 진유선의 형제들이 들을 수 있을까 하는 것이었다.

 "틀림없이 들을 게다. 벌써부터 너를 지괴라고 부르지 않던? 으하하! 이제는 천괴가 아니라 천지이괴다!"

 그 어린 나이에 천하의 창천존을 친구로 대한다는 것 자체가 기괴한 일이다. 스스로를 누나라고 칭하며 다 큰 어른의 볼기를 때리는 모습도 괴걸에 어울리는 것이었다.

 그녀에게 지괴라는 별명이 붙은 건 당연한 일이었다.

 "우리 오빠가 듣고 와줄까요?"

 "그럼. 올 게다, 몽땅 다 올 게야."

 자신이 오빠와 언니를 찾을 수 없다면, 그들로 하여금 찾아오게 만들면 된다. 일부러 소란을 내어 위치를 알린다면 오빠와 언니는 반드시 자신을 찾으러 올 터였다.

하지만 그것은 창천존 할아버지가 없으면 불가능한 일이었다. 진유선이 창천존을 바라보며 조그맣게 질문했다.

"할아버지, 할아버지는 내 친구지요?"

창천존의 친구!

창천존이라는 이름이 가지는 무게감을 알았다면 절대 그러지 않았을 테지만, 아직 어려 강호를 몰랐던 진유선은 할아버지 친구가 있는 것도 재미있겠다고 생각했다.

"으하하! 그럼, 그럼."

괴팍하기 이를 데 없는 절대고수, 창천존이 대답했다.

진유선은 그의 목을 꼬옥 껴안으며 말했다.

"고마워요, 할아버지."

第六章
회자정리(會者定離)

1

 곽채선과의 일전이 있던 날로부터 사흘 후, 소량은 상처도 제대로 다스리지 못한 몸으로 대별산을 올랐다. 남아 있는 아이들과 부모들을 데려와야 했기 때문이었다.
 다른 이를 대신 보낼 수도 있었겠지만, 소량은 아이들이 무사한지 직접 확인해 보고 싶었다.
 도대체 왜였을까.
 아이들을 보자마자 절로 눈물이 나왔다. 두려워 벌벌 떨던 아이들도 자신들이 생각하기에 가장 튼튼한 지붕인 소량이 나타나자 그 품에 안겨 한참을 울었다.

돌아오고 난 뒤에는 소림사의 승려가 머무는 객잔에 자리를 잡고 상처를 회복하는 데 전념했다. 수많은 무인들이 교분을 나누고자 찾아왔지만 소량은 모두 돌려보냈다.

여유가 생길 때가 없지는 않았으나, 그때마다 소량은 아이들과 뒤뜰에 쪼그려 앉아 해질녘까지 땅따먹기를 했다.

아이들은 모두 소량의 돌멩이를 탐냈다.

그리고 어제……

장윤의 장례가 다시 치러졌다.

"아윤."

상념에서 깨어난 소량이 장윤이 남긴 돌멩이를 만지작거렸다. 눈물조차 말라 버린 얼굴로 멍하니 허공을 바라보던 장삼을 떠올리자 마음 한구석이 불편해졌다.

소량은 더 이상 생각하지 않으려는 듯 고개를 절레절레 젓고는, 곽채선이 남긴 허리춤의 상처를 내려다보았다.

'이제 운신이 어려울 일은 없겠구나.'

완치는 멀었지만, 외상은 거의 아물어 있었다.

그것이 작은 상처였기 때문은 아니었다. 족히 한 달은 치유에 전념해야 할 정도로 큰 상처였지만, 상처가 낫는 속도는 깜짝 놀랄 정도로 빨랐다.

"으음."

잠시 몸 이곳저곳을 둘러보던 소량이 이번엔 침상 위로 시선을 돌렸다. 점소이가 흑색 비단으로 만들어진 무복을 가져다 두었다. 소량은 쓰게 웃고는 흑의무복 대신, 그 옆에 놓인 낡고 허름한 마의를 집어 들었다.

무림인이 되었지만 휘황찬란한 옷을 입고 싶진 않았다. 그것을 입었다가는 마음마저 무림인이 되어버릴 것 같았다.

소량은 끝까지 무창의 목공으로, 할머니와 동생들과 함께 살던 그 시절에 머물러 있기를 바랐다.

다만 각원 대사가 마련해 준 전낭만큼은 챙겼다. 강호행에 얼마나 많은 비용이 드는지 알고 있었기 때문이었다.

이제 떠나야 할 때였다.

소량은 바랑을 집어 어깨에 걸머메고는 별실의 문을 열고 밖으로 나섰다. 그리고는 어색하게 미소를 지어 보였다.

"이런, 나와 계셨군요."

별실 밖 후원은 소란스러웠다.

왕소삼이 왕효의 손을 잡고 서 있었고, 염 부인이 울먹울먹하는 딸아이에게 울지 말라 채근하고 있었다. 장삼의 앞에는 각원 대사가 서서 무어라고 설법을 하고 있었다.

소량이 밖으로 나오자 모두들 그를 돌아보았다. 가장 먼저 염 부인의 딸이 얼른 달려와 소량의 품에 안겼다.

"대협, 안 갈 거지요? 여기서 살 거지요?"

계집아이의 눈에 눈물이 그렁그렁 맺힌 것을 본 소량이 쓸쓸하게 웃었다. 소량이 말없이 그렇게 서 있자, 계집아이가 보내지 않겠다는 듯 옷자락을 꼭 쥐었다.

소량이 그녀의 머리를 쓰다듬어 주었다.

"미안해."

"으아앙!"

계집아이가 울음을 터뜨렸다.

소량이 왕소삼의 손을 잡고 있는 왕효에게로 시선을 돌렸다. 소량이 손짓을 하자 왕효가 머뭇거리면서도 다가왔다.

"이거, 기억하느냐?"

소량이 장윤의 돌멩이를 들어 올렸다.

왕효가 묵묵히 고개를 끄덕였다.

"네게 맡기마. 대신, 장삼 아저씨를 잘 보살펴다오."

왕효가 돌멩이를 쥐어 들고는 작게 고개를 끄덕였다.

소량은 다시 계집아이에게로 시선을 돌렸다.

"그리고 화연아, 내 약속하마. 나중에 반드시 놀러 올게. 백 밤만 지나면 올 테니까 기다려야 해. 알았지?"

"가지 마, 으아앙! 가지 말아요!"

계집아이가 자지러지게 울자 염 부인이 얼른 아이를 품에 안았다. 소량은 어색한 표정으로 사람들을 두루 바라보며 양손을 모아 길게 읍했다. 이별의 순간은 짧을수록 좋았다.

"배웅 나와주셔서 감사합니다. 많은 일이 있었지만⋯ 저는 이만 떠나려 합니다. 그간 따스하게 대해주신 정은 잊지 못할 것입니다. 여러분 모두 강녕하시길 빌겠습니다."

인사를 마치고도 잠시 머뭇거리던 소량이 몸을 돌렸다.

사람들은 크게 당황하고 말았다.

오늘쯤 떠날 것이라 예전부터 말하긴 했지만, 정작 그날이 다가오자 너무나 갑작스러운 이별인 것처럼 느껴졌다.

자신들을 위해 목숨을 걸고 싸워놓고, 공치사 한마디 없이 이렇게 황망하게 떠날 줄은 몰랐던 것이다.

"원행 무탈하시길 바라요, 대협."

"이 은혜 잊지 않겠습니다요, 대협!"

사람들이 뒤늦게 읍하며 크게 외쳤다.

왕소삼은 아예 소량의 뒤에 대고 큰절을 올렸다. 머리를 숙인 왕소삼의 눈에서 굵은 눈물방울이 떨어졌다.

각원 대사가 얼른 객잔을 벗어나는 소량에게로 향했다.

"허어, 정말 떠나시려오?"

"예. 알려주신 이가 제 동생인 것 같으니 만나봐야지요."

각원 대사는 소량에게 무림맹의 일을 도와달라 부탁했다. 성품도 무학도 뛰어난 그가 무림맹을 도와준다면 혈마곡과의 일전에 크나큰 도움이 될 것이 분명했다.

"동생의 안위를 걱정하는 마음은 알겠으나 창천존 곁에 있는 것이 분명하다면 염려할 것이 없을 것이오. 차라리 대의를

회자정리(會者定離) 175

좇아 무림맹을 돕는 것이⋯⋯."

"아니요, 그 녀석은 틀림없이 무서워하고 있을 겁니다."

아무리 창천존이 있다지만, 고작 열두 살의 나이에 평생을 같이 살아온 가족들과 떨어졌는데 어찌 무섭지 않겠는가!

겉으로는 씩씩한 척하고 있어도 속으로는 겁을 먹고 있을 것이 분명했다. 유선은 그런 아이였다.

"그리고 무림맹의 일이라면⋯⋯."

남궁세가의 대부인, 아니, 이제는 고모님이라 불러야 할 진운혜는 자신의 큰 오라버니가 무림맹의 맹주직에 있다고 가르쳐 주었었다. 소량에게는 대백부가 되는 어르신이 무림맹주라면, 훗날 어떤 식으로든 연결이 될 것이 분명했다.

"언젠가는 반드시 만날 일이 있을 것입니다."

"그날이 얼른 오기를 빌어야겠소이다."

소량이 그렇게 말하자 각원 대사로서도 할 말이 없어지고 말았다. 각원 대사는 몇 마디 불호를 읊조리며 소량의 길이 평안하기를 축원했다.

그때, 저자의 소란을 뚫고 앳된 울음소리가 들려왔다.

"으아앙! 대협, 대협."

고개를 돌려보니 객잔의 입구에서 왕효가 돌멩이를 꼭 쥐고 엉엉 우는 모습이 보였다. 감정이라고는 하나도 없는 아이였는데, 언제나 죽음을 염두에 두고 말하던 아이였는데.

그런 왕효가 객잔 입구까지 쫓아 나와 울고 있었다.
소량은 가슴이 울컥하는 것을 느꼈다.
"꼭 놀러 오마!"
소량이 손을 휘젓자 왕효의 울음소리가 더욱 커졌다. 뒤돌아보면 왕효가 더 울까 봐, 소량은 돌아보지 않으려 애쓰며 걸음을 옮겼다. 객잔을 넘어, 저잣거리를 넘어, 관도를 향해.
소량은 그렇게 나전현을 벗어났다.

두어 시진을 걷자 대별산 기슭의 관도에 접어들었다. 소량은 수주(隨州) 쪽으로 방향을 잡아 남하했다. 이대로 내려가면 효감현, 더 아래로 가면 고향 무창이 보이리라.
고향을 생각하자 마음이 무거워졌다. 가족들과 함께 머물던 즐거웠던 추억이 머나먼 과거처럼 느껴졌다. 봄이 찾아와 색색의 꽃이 피었으나 소량은 그를 즐기지 못하였다.
상념을 걷어내기 위해, 소량은 일부러 무학을 생각했다.
'검기성강이라… 이제는 약간이나마 알 것 같구나.'
사망객 곽서문과 생사투를 벌일 적에, 소량은 어렴풋이나마 새로운 경지를 엿보았다. 음양과 강유가 조화되어 기를 올곧게 발출하는 것. 그것을 체득했을 때, 소량은 검기상인의 경지에 올랐다.
그리고 도천존의 삼 초식을 받아내며 그 경지를 넘어설 단

회자정리(會者定離) 177

초를 찾았다. 내 안에서 조화를 찾은 후에는 나와 천지 사이에서 조화를 찾아야 한다. 태룡도법을 처음으로 펼쳐 냈을 때 소량은 검기성강의 경지에 이를 수 있었다.

'그 이후엔? 그 이후엔 무엇이 있을까.'

무학의 세계는 참으로 이상했다.

평생을 걸어도 끝이 없을 것 같고, 지금 이 순간이라도 발을 디딜 수 있을 것처럼 가까워 보였다.

소량은 욕심이 솟아오르는 것을 느꼈다. '언제 어디에서든 자신의 뜻을 관철시킬 수 있다'는 절대고수의 영역이 하늘 끝이라 했다. 소량 스스로도 하늘 끝에 오르리라 결심했다.

이제 하늘 끝으로 가는 길을 어렴풋이나마 보았으니, 어찌 가지 않을 수 있겠는가!

'천지간의 기운이라.'

소량은 수도로 관도 부근에 아무렇게나 자라난 나무를 가리켰다. 그리고 눈을 감고는 태허일기공을 가득 끌어올렸다.

스으으—

소량이 기운을 일으키자, 바람도 불지 않는데 저절로 소량의 옷자락이 펄럭였다. 소량은 수도를 좌로 가볍게 그었다.

소량의 수도에 거력이 담겨 있긴 했지만, 아직 육신의 한계를 벗어나지는 못했다. 멀리 떨어진 나무는 가지나 살랑일 뿐, 이렇다 할 변화를 보여주지 않았다.

소량이 쓴웃음을 머금었다.

'역시 아직은 아닌가?'

아직은 먼 길이었다. 당장 이르기를 바랐다면 과욕이리라. 하지만 소량은 왠지 모를 아쉬움을 느꼈다. 지금 이르지 못한다는 사실이 아쉬워 억울함마저 느낄 정도였다.

그때, 소량의 뒤편에서 누군가 질문을 던졌다.

"허공에 공연히 손질이라? 이상한 친구로군."

"어?"

소량의 표정이 당혹스럽게 변해갔다. 분명 조금 전까지 아무도 없었는데, 갑자기 웬 늙은 농부가 나타나 별 미친놈을 다 보겠다는 얼굴로 자신을 바라보고 있는 것이다.

게다가 그 얼굴이 낯이 익다.

곽채선과의 일전이 끝났을 때, 소량은 어느 늙은 농부의 시선을 느낀 적이 있었다. 지금 나타난 농부가 바로 그였다. 너무나 평범한 모습이었음에도 눈을 뗄 수가 없던 사람.

"당신은 누구십니까?"

"자네처럼 길 떠나는 객이지."

"초면이 아닌 듯싶습니다만."

"그래, 초면은 아니지. 자네가 살귀 짓을 할 때 보았었네."

소량의 표정이 점점 진중해졌다. 기색은 평범하지만 육감은 그를 경시해서는 안 된다고 말하고 있었다. 소량은 언제든지 검을 쥘 수 있도록 자세를 준비했다.

"대명(大名)을 여쭈어도 되겠습니까?"

"곽채선이라는 자를 꼭 그렇게 죽였어야 했나?"

소량이 내심 기세를 끌어올리고 있다는 것을 알면서도, 농부는 태연자약하기만 했다.

"대명을 알려주지 않으시려는 참입니까?"

"꼭 그렇게 죽였어야만 했냐고 물었네."

소량은 일단 기세를 거두었다. 그에게서 적개심이 느껴지지 않았거니와 느껴지는 기운이 친숙한 탓이었다. 도가의 무학을 익힌 모양인데, 그 경지도 높을 것이 분명했다.

그것과는 별개로 농부의 시선이 불편하기 짝이 없다. 질문의 내용도 편치 않을뿐더러 자신의 마음을 들여다보기라도 할 것처럼 물끄러미 바라보는 시선도 찝찝하다.

"대명을 알려주지 않으시겠다면 먼저 가보겠습니다."

"그것이 그자에게 합당한 벌이었나? 아니면……."

농부가 자신을 스쳐 지나가는 소량에게 말했다. 소량이 성큼성큼 걸음을 옮기는데도 농부는 말을 멈추지 않았다.

"그저 자네의 마음을 풀기 위해 그리한 겐가?"

농부의 질문에 소량이 우뚝 걸음을 멈추었다.

소량이 농부를 등진 채 말했다.

"그자에게 합당한 벌이었습니다."

"그렇게 보기엔 자네의 눈에 어린 살기가 너무 짙더군."
"독하지 않으면 장부가 아니라고 했습니다."
"독하라고 했지, 잔혹하라고 한 건 아니잖나."

농부의 말이 끝나자 소량은 무언가 울컥하는 것을 느꼈다. 곽채선은 죽어야 할 자였다. 동남동녀를 간살하고 그 정기를 취했으며, 끝까지 그것이 당연한 듯 굴었다.

자신의 손속이 잔혹했을지는 몰라도 그자에게 합당한 벌이 아닌 것은 아니었다.

하지만 농부는 마치 자신이 잘못한 것처럼 말하고 있었다. 그가 누구이기에 그런 말을 한단 말인가! 도대체 무엇을 알기에 그렇게 말한단 말인가! 아무것도 모르면서!

"그자는 죽어야 할 자였습니다!"

마음이 일어나자 태허일기공이 일렁거렸다. 화가 잔뜩 난 것처럼 태허일기공의 일부가 농부에게로 쏘아졌다.

농부가 파리라도 쫓는 것처럼 양손을 휘저었다.

우웅―

대기가 한차례 부르르 떨리더니, 곧 잠잠해졌다. 소량이 쏘아 보낸 기운이 눈 깜짝할 사이에 사라지고 만 것이다.

이번에는 늙은 농부가 손을 휘저었다.

"큭!"

핏!

소량이 대경하여 검을 뽑아 들었지만 노인의 기검(氣劍)을 막을 수는 없었다. 어깨에서 피가 튀는 것과 동시에 소량의 신형이 몇 발자국이나 뒤로 물러났다.
 "천둥벌거숭이가 따로 없구나. 감히 어디에 대고 공세를 취하느냐?"
 농부의 어조는 차갑기 짝이 없었다. 그가 가볍게 손을 뻗자, 바로 옆에 있던 나무가 부르르 떨리더니 이내 가지 하나가 부러져 농부의 손에 잡혔다.
 그리고 농부의 신형이 사라졌다.
 "헉!"
 소량의 눈이 휘둥그레 커졌다. 어느새 자신의 코앞에 나타난 농부가 나뭇가지를 휘두르는 것이다.
 내력을 가득 쏟아 오행검을 펼쳐 보았지만 농부의 나뭇가지가 부러지기는커녕 오히려 자신의 검이 밀렸다.
 농부는 한 점의 살기도 발출하지 않았으나 그 기세만으로도 몸이 두 쪽이 날 것만 같았다. 다급해진 소량이 구궁보를 밟아 뒤로 물러나자 농부가 재빨리 따라붙었다.
 말 한마디도 제대로 하지 못하고 이를 악문 소량과 달리, 농부는 입을 열면서도 태연자약했다.
 "이상은 없다네, 어린 친구. 현실만이 존재할 뿐이지."
 소량이 마침내 신음을 토해냈다.

소량의 검강을 뚫은 농부의 나뭇가지가 한 번 베였던 소량의 어깨를 다시 벤 것이다. 하마터면 팔이 날아갈 뻔했던 소량이 창백한 얼굴로 침을 꿀꺽 삼켰다.

농부가 아무 일도 없었던 것처럼 서서 말했다.

"도천존은 이상을 꿈꾸었지. 부조리가 없는 세상이 오기를 바랐어. 하여 스스로를 태워 악을 징치하였건만 세상은 조금도 바뀌지 않았네. 쯧쯧, 가련한 친구. 알고 보면 세상에 대의란 없는 것을. 그는 부조리만을 본 끝에 인간에 대한 희망을 잃어버리고 말았어."

격전의 와중이었지만, 소량은 농부의 말을 듣자 머리가 멍해지는 것을 느꼈다. 도천존의 심정을 이해할 수 있었다. 대의를 찾지는 못했지만 자신도 같은 길을 가고 있었다.

협객이 되기로 했다. 악인을 보면 징치하고자 했다. 세상이 다 그런 거라고 포기하는 대신, 힘이 남아 있는 한 끝까지 가보기로 했다.

그것이 틀렸다고?

"부조리에 분노하였으니 이제부터 그것만 보일 것이다. 일개 무인의 몸으로 세상 모두를 바꿀 수 없으니 너는 끝없이 그들을 징치하다 절망하겠지. 편협해지겠지. 그것이 아귀와 다를 바가 무엇이란 말이냐?"

늙은 농부가 빠르게 쇄도했다.

"이이익!"

소량은 이성이라기보다는 본능적으로 태룡과해를 펼쳐 나갔다. 내력을 모두 일으키자 흡인력이 발생해 천지자연의 기운을 함께 끌어 모은다.

하지만 발출할 수는 없었다.

"요는 중용(中庸)이야, 이 친구야."

소량의 등골에 소름이 오싹 돋았다. 늙은 농부가 왼손으로 맥문을 잡은 것이다. 그러자 태룡과해를 펼치기 위해 일으켰던 태허일기공이 스르르 사라져 갔다.

늙은 농부가 오른손으로 나뭇가지를 들어 올렸다. 소량은 죽음을 직감하며 눈을 질끈 감았다.

통—

나뭇가지가 소량의 머리통을 두드렸다.

"그러려면 마음에 치우침이 있으면 아니 된다네. 알아듣겠는가?"

늙은 농부가 장난스레 웃으며 소량의 손을 놓아주었다. 소량은 그제야 주위를 둘러볼 여유를 가질 수 있었다.

변한 것이 아무것도 없었다.

그렇게 격전을 펼쳤는데도 관도는 멀쩡했다. 농부가 꺾은 나뭇가지를 제외하면 부러진 나무 한 그루 없고, 손상된 수풀이나 꺾인 꽃도 없다. 심지어 자신이 밀려나거나 넘어진 흔적도 자세히 보지 않으면 모를 정도로 옅기만 하다.

모두 농부의 기세에 휘말렸던 것뿐이었다.

"이제야 알았느냐? 낄낄, 재미있는 동행이 생겼구나."

동행?

주위를 둘러보던 소량이 의아한 얼굴로 그를 바라보았다. 신비로운 일을 마주해서 그런지 말문이 열리지 않았다.

"창천존 그 친구를 찾아가는 길이 아니었더냐? 마침 나도 일이 있어 그리 가는 길이니 함께 가자는 게다. 따로 간다 해도 길이 같으니 쭉 마주칠 터. 왜, 그러고 싶으냐?"

농부가 클클 웃으며 손을 내밀었다.

소량은 그의 손을 잡고 자리에서 일어났다. 여전히 의아함 가득한 눈으로 농부를 바라보면서.

"염려하지 마라, 네가 하는 일에 방해를 하지는 않을 테니. 네가 도천존의 진전을 이은 것이 맞는다면 가는 길마다 풍파가 일겠지?"

"어르신께서는… 도대체 누구십니까?"

소량이 떨떠름한 어조로 질문을 던졌다.

늙은 농부가 실소를 머금으며 대답했다.

"반선(半仙)이라 불러라, 요놈아."

늙은 농부, 아니, 반선의 음성에는 장난기가 가득했다.

2

같은 시각, 청해.

대전(大殿) 중의 대전인 혈화궁(血花宮)에는 그 크기에 어울리지 않는 조그마한 방이 있다.

작은 책상 하나가 놓여 있는 방이었는데, 한지부터 목피로 만든 서간까지 수도 없는 문서들이 널려 있는 까닭에 단출하게 보이기는커녕 난잡하게 보이는 방이었다.

귀곡(鬼谷).

혈마곡의 마인들은 그곳을 귀곡이라고 불렀다. 문서들로 이루어진 산 사이에 있으니 곡이요, 그곳에 앉아 천하를 바라보는 이가 있으니 귀기스럽다.

지금도 귀곡자는 그곳에 앉아 머리를 굴리고 있었다.

"예상 밖이야, 예상 밖이야. 화마가 내 예상보다 머리가 좋았어. 미끼가 그러면 안 되는데, 안 되는데."

수염이 가득 난 털북숭이 꼽추 노인, 귀곡자가 몸을 앞뒤로 흔들거리며 중얼거렸다. 귀곡자는 등이 굽어 손도 닿지 않음을 한탄하며 등을 벅벅 긁다가 고개를 절레절레 저었다.

"미끼가 되어야 할 놈이 도망을 쳤으니 검천존도 눈치를 챘을 거야. 이러면 안 돼, 이러면 안 돼. 지금이라도 검천존을 죽여야 해. 그래서 부른 거야, 그래서."

말을 마친 귀곡자가 뒤를 흘끔 돌아보았다.

뒤에는 흑의무복을 입은 무인이 서 있었다.

검미가 뚜렷하고 수염이 검고 곧은 것이, 젊었을 적에는 여자 여럿 울렸겠다 싶은 미남자였다.

그의 손에는 검 한 자루가 들려 있었다.

대적할 상대도 없는데, 허공에 곧게 뻗은 채로.

귀곡자가 계속해서 말을 이어나갔다.

"창천존은 이미 걸렸어. 독물을 취하긴 했지만 그것만으로는 알아보기 어려울 거야. 창천존은 됐어, 창천존은 됐어."

과거, 창천존은 당가의 소가주를 만나 지독한 독을 하나 건네며 분석해 달라 부탁을 했었다. 창천존을 제외하면 그것이 혈마곡에서 나왔다는 것을 아는 사람은 없을 터였다.

"도천존은 상산도원에 틀어박혀 있어. 도천존은 쉬워. 눈에 보여. 너무 진중해서 함부로 움직이지 않을 거야."

이제 곧 도천존에게도 미끼가 갈 것이다.

귀곡자는 도천존에 대한 관심을 거두었다.

문제는 역시 검천존이다.

"검천존은 눈치를 챘어. 지금 창천존을 만나러 가고 있어. 죽여야 해. 창천존을 만나기 전에 죽여야 해. 검마존이 해줘야 해. 검마존은 검천존을 죽일 수 있지, 그렇지?"

흑의무복을 입은 검객은 이번에도 대답하지 않았다.

회자정리(會者定離) 187

귀곡자가 콧방귀를 뀌며 고개를 저을 때였다.

쿠쿠쿵—!

귀곡자의 방이 부르르 떨려왔다. 귀곡자가 두려움에 질린 듯 주위를 둘러보았다. 호롱을 네 개나 켜두어 대낮처럼 밝았던 방이 급격하게 어두워졌다.

한 치 앞도 보이지 않는 어둠.

아니, 어둠이 아니었다.

검붉은 피였다.

그것은 비단 귀곡자의 방뿐만이 아니라 대전 전체에 벌어진 현상이었다. 마치 일식이라도 벌어진 것처럼, 대전 내에 있는 사람은 모두 어둠을 보고 있으리라.

"혈존, 혈존!"

겁에 질린 귀곡자가 머리를 감싸 쥐었다. 안 그래도 왜소한 체구에 꼽추이기까지 한 그가 몸을 숙이자 어린아이가 쪼그려 앉아 우는 것만 같았다.

"살려줘, 혈존! 잘못했어!"

"큭, 쿨럭!"

허공에 검을 겨누고 조용히 서 있던 무인이 쿨럭쿨럭 기침을 토해냈다. 그는 검을 패검하고서 떨어지지 않는 입을 억지로 떼어 말했다.

"졌소."

이만큼이나 떨어진 곳에서 누구와 결전을 나누었단 말인가! 무인, 검마존의 표정은 패배감으로 가득했다.

그가 그렇게 말하자 사방에 가득한 어둠이 일렁거렸다.

[칠성(七成)이었다.]

귀부에서 들려오는 듯한 음울한 목소리가 울려 퍼짐과 동시에 핏빛 어둠이 사라졌다.

귀곡자는 그래도 한참 동안을 머리를 감싸 쥐고 있다가, 일다경이나 지난 후에야 조심스레 눈을 떴다.

다시 밝아진 방이 보였다.

귀곡자는 조심성 많은 쥐처럼 방 안 이곳저곳을 살펴보았다. 문서를 뒤집어보기도 했고, 벽에 금이 간 곳이 있는지 찾아보기도 했다. 잠시 뒤, 위험이 사라졌다는 것을 인지했는지 귀곡자의 표정이 밝아졌다.

"이제 괜찮아?"

"괜찮소."

검마존이 침중한 어조로 대답했다.

"졌어?"

"졌소."

"혈존한테는 안 된다니까."

귀곡자가 그렇게 말하자 검마존이 고개를 끄덕였다.

혈마곡이야말로 강자존이라!

혈존을 꺾을 수 있다면 그가 곡의 주인이 된다.

검마존은 그 규율에 따라 혈존에게 도전했다.

그가 최근 얻은 심득은 자연검로(自然劍路).

천지의 기운이 자신의 기운이라면 두려울 것이 없다. 하늘에서 내리는 비가 암기가 되어줄 것이고 나무에 매달린 잎이 칼날이 되어줄 것이다. 딛고 있는 땅과 숨 쉬고 있는 공기가 모두 적인데 누가 있어 감당하겠는가?

그러나 혈존은 달랐다. 검마존이 겨우 이루어낸 경지가 그에게는 칠성에 불과했다.

검마존은 길게 한숨을 토해낸 후 되물었다.

"검천존이라면 나와 비등하거나 반 수 위. 승산이 있다 보시오?"

자신보다 윗줄에 있다 해도 검천존 따위는 검마존의 관심사가 아니었다. 그보다 더 높은 곳을 바라보고 있기 때문이었다. 언젠가 혈존을 꺾을 생각인데 검천존이 중요하겠는가.

그러니 검천존과 공연히 드잡이질하고 싶은 생각이 없다. 검천존은 저들만의 세상에 살게 내버려 두고 자신은 혈존을 쫓으면 된다. 하지만 역설적으로, 혈존을 쫓으려면 그의 명령을 들어야 한다.

검천존과 싸우다가 손해를 입어 훗날 혈존에게 도전할 기회를 잃으면 얼마나 억울할까.

검마존은 승산이 확실하길 바랐다.

"도망친 화마도 보낼 거야. 그러면 승산이 있어. 화마는 검천존의 아들을 잡아먹었어. 백치라서 더 좋다면서 잡아먹었어. 검천존은 화마를 보면 미칠 거야."

"그렇군. 변수는?"

"천애검협."

귀곡자가 눈을 가늘게 떴다.

"무서워, 무서워. 그는 천재야."

이 년 전, 천애검협 진소량은 검기상인의 경지에도 이르지 못한 애송이 무인이었다. 사망객 곽서문이라면 충분히 그를 죽일 수 있으리라 여겼고, 그래서 그를 보냈다.

하지만 천애검협은 오히려 사망객을 상대하며 검기상인의 경지에 올랐다.

화마의 제자인 곽채선의 경우도 마찬가지였다.

그와의 일전에서 도천존의 무학을 펼치더니 검기상인을 넘어 검기성강의 경지에 이르렀다지 않았던가!

단 이 년 만에 검강이라?

천재다.

아니, 천재라는 말로도 부족하다.

"진소월 같아. 그 무서운 혈존도 겨우 반 년 전에야 진소월을 넘어섰다고 했어. 태허일기공은 너무 뛰어나. 지금까지는 본의 아니게 우리가 그의 무공 수련을 도운 거야."

"태허일기공이라."

"최대한 빨리 죽여야 해. 검천존이 화마에 신경 쓰는 사이, 먼저 천애검협을 죽여. 확실한 패가 필요해. 검천존이 먼저 화마를 죽이느냐, 네가 먼저 천애검협을 죽이느냐가 승패를 가를 거야."

검마존이 고개를 끄덕였다.

"화마는 어디에 있소?"

"청해로 돌아오고 있는 걸 잡아뒀어. 애들도 데려가. 검천존은 몰라도 천애검협을 상대하는 데에는 도움이 될 거야."

귀곡자는 그것이 끝이라는 듯 말을 멈추었다.

검마존도 더 이상 들을 말이 없었다.

임무에 대한 말을 모두 들었으니 빨리 처리하고 돌아와 무공 수련에 전념하고 싶은 마음뿐이었다.

검마존은 인사도 없이 방을 나섰다.

검마존이 나선 후로 얼마가 지났을까.

귀곡자가 다시금 입을 열었다.

"진무신모도 무서워. 어디에 있지? 그녀는 어디에 있지?"

은신술에 뛰어난 무인을 벌써 수십이나 소용했다.

그리고 그들 모두 잡혀 죽었다.

이제는 그녀를 감시하는 것이 아니라, 그녀가 어디에서 혈마곡의 무인을 죽였나를 보고 행적을 파악해야 할 참이다.

"청해로 오고 있어. 진무신모는 진소월만큼이나 강하다고 했는데. 무서워. 무서워. 지금쯤 어디에 있을까? 다 오지는 않았을 텐데, 어디에 있지?"

마지막으로 진무신모의 행적이 밝혀진 곳은 사천의 초입이었다. 그녀는 안휘에서 곧바로 사천으로 오고 있다.

귀곡자는 정신없이 지도를 뒤지며 그녀가 올 만한 길을 찾기 시작했다. 두려움에 손을 떨면서 말이다.

第七章
협객행(俠客行)

1

 귀곡자의 예상대로 진무신모는 황량하기 이를 데 없는 사천의 관도를 걷고 있었다. 그녀는 무심한 얼굴로 사막처럼 쓸쓸한 모래 무더기와 흉악하게 생긴 바위들을 바라보았다.
 그녀의 앞에서 비명이 터져 나왔다.
 "크허억, 컥!"
 피투성이가 된 채, 혈마곡의 무인이 뒤로 기어갔다. 잠행에는 도가 텄다는 평가를 받아 은마(隱魔)라고까지 불리는 그였지만 진무신모의 눈을 피하기에는 역부족이었다.
 "혈마곡에 가까워지긴 한 모양이로구나."

진무신모 유월향이 단아한 어조로 말했다.

주름살투성이 얼굴에 굽은 허리, 허름한 마의를 입고 있었지만 머리에 꽂은 비녀만은 새 것이다.

그녀의 막내딸, 진운혜가 선물한 것이었다.

"보내는 놈마다 살수거나 은신술을 익힌 자들인 것으로 보아 나를 감시하려는 모양이야."

그럼에도 불구하고 숨지 않은 이유는 혈마가 자신을 찾아주기를 바랐기 때문이었다. 그가 무인답게 찾아와 준다면 멀리 갈 것 없이 바로 승부를 결할 수 있을 텐데.

하지만 그는 나타나지 않으려는 모양이었다.

"천하의 혈마가 겁을 많이 먹었구나."

"커헉, 컥! 살려……."

진무신모 유월향은 은마를 내려다보았다. 피투성이가 된 채로 애절하게 양손을 맞잡는 모습이 안쓰러워 보였다. 그러나 유월향은 은마의 눈빛에 어린 살기를 읽어낼 수 있었다.

동공이 검녹색 빛이니 사람을 많이 죽인 자이며 눈 주위가 검고 횅하니 색을 밝히는 자다.

"색마로구나."

"커헉! 그, 그걸 어찌……."

"가거라, 아이야."

유월향이 가볍게 손을 내뻗자 은마의 목이 가볍게 꺾였다.

유월향은 단말마조차 토해내지 못하고 죽음을 맞은 은마를 쓸쓸한 얼굴로 바라보다가 고개를 슬며시 저었다.
 이제 내력을 수습할 차례였다.
 '기억이 예전만 못해.'
 태허일기공을 거둬들이자 머리가 몽롱해졌다. 언제나 도도히 흐르던 태허일기공이었지만 자연의 순리까지 무시할 수는 없는 법. 그녀는 늙어 죽어가고 있었다.
 물론 방법은 있다.
 오욕칠정을 끊고 신선이 되면 된다. 자연 그 자체가 되어 오로지 관조하면 된다. 생사는 자연의 순리이니 자식의 죽음이건 아니건 관여치 않고 그저 바라만 보면 된다.
 그러나 그녀는 집착을 버릴 수 없었다.
 그녀는 어미였다.
 '핏줄을 어찌 잊어. 어미 된 자가 어찌 자식을 사랑하지 않을 수 있어.'
 그녀는 인간으로 늙기를 바랐다. 그 끝이 죽음일지라도, 신선이 아닌 인간이 되기를 원했다.
 그녀는 태허일기공을 거둬들이고 늙음을 받아들였다.
 '가야지. 혈마가 있으면 내 자식들이 안심하지 못해.'
 천망회회(天網恢恢) 소이불루(疏而不漏)라!
 하늘의 그물은 엉성해 보여도 놓치는 것이 없다.

혈마를 냈으면 혈마를 막을 자를 내는 것이 바로 하늘의 순리였다. 굳이 그녀가 나서지 않아도 천명을 받은 누군가가 나서서 혈란을 종식하리라.

신선이 되어서는 아니 되는 이유 중 하나가 바로 그것이었다. 얼어 죽는 생명이 있다고 하늘이 돌보던가?

하늘은 결코 움직이는 법이 없다.

신선이 되면 그녀도 관조하게 되리라. 천하에 얼마나 많은 피가 흐르든 천명을 받은 이가 나올 때까지 지켜만 보리라.

'가야 혀, 혈마가 있으면 자식덜이 안심할 수 없어야.'

정음과 광동 사투리가 뒤섞였다.

휘이잉—

흙먼지를 가득 실어오는 바람을 거리낌없이 맞으며, 그녀는 혈마곡을 향해 걸어갔다. 휘청거리는 신형처럼 기억도 끊기다 이어지길 반복했다.

그렇게 얼마나 걸었을까.

기억이 점점 흐릿해지는가 싶더니 완전히 변해 버리고 말았다. 이제 그녀는 길이 아니라 추억을 걷고 있었다.

무려 반백년 전의 추억을 말이다.

그녀는 지금이 집으로 가는 길이라고 착각했다.

'내 새끼덜 밥 해먹여야 되는디. 다들 주린 배 붙잡고 기다리고 있을 텐디 시간이 이리 늦었으니 어쩔랑가?'

큰아들이 잡일을 하고는 있다지만 아직 나이가 어려 벌이가 시원찮다. 게다가 다리를 저는 셋째 놈도 있고, 그런 오빠에게 다 빼앗기고 정에 굶주린 건지 허기에 굶주린 건지 모를 눈으로 자신을 바라보는 막내 년도 있다.

'근디 내가 지고 있던 보리쌀이 어디로 갔다냐? 내 새끼덜 먹어야 하는디, 내 새끼덜.'

그녀의 눈에 눈물이 고였다.

벌써 사흘째 굶고 물만 마셨다. 안 그래도 많은 입에 하나 더 보탤 수가 없어서 그녀는 그냥 물로 허기를 때웠다. 그렇게 굶어가며 일해서 마련한 보리쌀이 지금은 없다.

어디로 갔을까? 보리쌀은 어디로 갔을까?

그때, 그녀의 기억이 또다시 변해갔다.

매병은 출가하겠다는 큰딸을 말리러 가던 날의 기억을 현실로 만들었다. 사천의 관도를 걷던 그녀가 아미산에 오르던 그날처럼 위풍당당하게 팔을 걷어붙였다.

'내 이 오라질 년을… 할 것이 없어서 비구니가 되야? 네년이 뭐가 부족하냐! 학문도 그만치면 많이 배웠고 무공도 내로라할 정도로 익혔음시롱 뭣이 문제라 비구니가 되겠다는 거? 너도 자식을 낳고 사랑하고 사랑받는 기쁨을 알아야 할 것이 아니냐? 오냐, 네년 머리가 남아나라 봐라. 내 머리채를 끌고 잡아올 테니까 두고 봐야.'

사천의 촉도가 아미산처럼 보였다.

그녀는 기운차게 걸음을 옮기다가 주변에 아미파의 여승이 있나, 없나 둘러보았다.

'아니, 여기는 아미산이 아니잖어. 내 손주들, 오갈 데 없는 내 손주들은 어디에 있다냐?'

진무신모 유월향이 당황한 표정으로 주위를 둘러보았다.

손자들이 없다.

목공 일로 가족을 먹여 살리던 큰눔, 소량도 없고 어여뻐서 시집을 어찌 보낼까 싶은 영화도 없다. 똑똑하지만 게으른 승조와 점잖은 태승이, 애교가 많던 막내도 없다.

다 어디를 갔을까.

"큰눔아! 큰눔 어딨냐잉!"

목청껏 외치는 그녀의 표정에는 불안감이 가득 깃들어 있었다. 그녀가 겁에 질린 얼굴로 거듭 외쳤다.

"영화야, 할미 여기 있다잉! 막둥아, 할무이 여기 있어야! 할무이 품에서 잠을 자야지 어디로 갔어!"

불러도 불러도 대답은 없었다.

그녀는 소매로 눈가를 훔치며 허공에 외쳤다.

"내 손주덜 어디 갔는지 아시는 분 없소잉? 보고 잡은디 아무도 없어야, 보고 잡은디."

그녀는 훌쩍이며 걸음을 옮겼다.

저승길이 이럴까, 북망산에 오르는 길이 이럴까. 저 안개 속에 저승사자가 나타나 이제 가야 한다고 말하는 것 아닐까. 그러면 내 손자들을 두고 어찌 간담. 할머니 보고 싶다고 울 텐데 그 여린 것들을 두고 어찌 갈까.

"큰눔아……."

급기야 모든 기억이 사라졌다.

진무신모 유월향이 걸음을 멈추었다.

남은 기억은 단 하나뿐이었다.

"혈마."

그녀의 눈빛에 약간이나마 빛이 돌아왔다. 여전히 걸음은 느릿하지만 더 이상 갈피를 못 잡고 헤매지는 않는다. 그녀는 가까스로 자신이 매병에 걸렸다는 것을 기억해 냈다.

'내 새끼덜 잊어버리면 안 되야. 혈마를 잡고 돌아가야지. 내 새끼덜 이름은 기억해야 혀.'

휘이잉—

"우리 큰아들 진무극, 우리 큰딸 진연설."

촉도에 부는 바람 소리에 늙은 여인의 목소리가 섞였다. 터벅터벅 지친 발걸음을 옮기며 그녀는 말했다.

"우리 셋째 진무룡, 우리 막둥이 진운혜."

미리 준비해 둔 튼튼한 당혜는 촉도를 견디느라 메져 있었다. 발가락이 드러나 촉도의 돌멩이를 스치자 피가 몇 방울

묻어났다. 그녀는 피가 흐르는지도 모른 채 계속 걸었다.

"큰집 손주 진대산, 진예운. 작은집 손주 진경운, 우리 외손주 남궁현."

기억의 가장 깊은 곳에 남아 있던 것은 핏줄이었다. 자신이 직접 배 아파 낳은 아들딸과 그들이 장성해 낳은 손자들.

"우리 큰아들 진무극… 흑, 흐흑. 내 아들."

진무신모가 불현듯 울음을 터뜨리며 걸음을 멈추었다. 무언가 잊고 있던 것이 있는데 무엇을 잊었는지 모르겠다. 천하에 적수가 없다는 그녀지만, 그 울음만큼은 어린아이의 그것처럼 처연하기 짝이 없었다.

그렇게 얼마나 지났을까.

자신이 잊고 있던 것을 떠올린 진무신모가 가슴을 쥐어뜯으며 주저앉았다.

"그리고, 그리고 내 손주… 내 손주 진소량."

그래, 그들을 잊고 있었다.

'할머니는 우리랑 같이 살 거지?'라고 조심스럽게 묻던 그 아이들을 잊고 있었다. 잠깐 저자에 다녀오는 것에도 겁을 먹고 불안해하던 가련한 아이들을 잊고 있었다.

어디 가지 말라고, 우리랑 함께 살자고, 우리를 잊지 말라고 부탁하던 불쌍하고 불쌍한 내 새끼들을 잊고 있었다.

가지 않겠다고 약속했는데…….

진무신모가 가슴을 쥐어뜯으며 통곡했다.

"우리 큰눔 진소량, 우리 둘째 진영화……."

진무신모가 남긴 음성이 오래도록 촉도를 떠돌았다.

2

소량이 반선과 함께 남하한 후로 한 달의 시간이 흘렀다.

강호는 천애검협 진소량에 대한 소문으로 들끓었다.

천애검협이 천하를 떠돌며 협객행을 하고 있다는 것이 소문의 요지였다.

소문의 시작은 하남과 호광의 경계에 있는 유가촌이었다.

유가촌의 대장장이 유현모는 관아의 명을 받아 철검과 창을 비롯한 무기들을 만들었다.

기한을 지키기 위해 밤을 새우기를 여러 날, 그는 무사히 열 자루의 검과 스무 자루의 창을 만들어 관아로 운반했다.

그러나 관으로 가는 길에 산적을 만나고 말았다. 산적들은 유현모를 모욕하고 무기를 빼앗아 산채로 가져갔다.

유현모는 크게 좌절했다.

좌절의 이유는 산적에게 세금으로 바쳐야 할 무기를 빼앗겼기 때문이 아니었다. 산적 중에 아는 사람이 있기 때문이었다. 그는 관아에 배속된 관졸로, 마을마다 돌아다니며 공짜로 밥을 먹거나 여인을 희롱하던 탐관오리였다.

산적 행세를 하여 무기를 빼앗아간 관아는, '세를 바치지 못했으니 엄히 벌해야 할 것이나, 자비를 베풀어 기한을 늘려주겠다. 다시 만들어 바쳐라' 라는 헛소리를 지껄였다.

유현모는 관에 항의를 하러 갔다가 몰매만 실컷 맞고 집으로 돌아왔다. 그리고 아내와 딸이 웬 시골 청년과 늙은 농부를 대접하고 있는 것을 발견했다.

우리 먹을 것도 없는데 무슨 짓이냐고 화를 내자 늙은 농부는 크게 당황하는 시늉을 하며 왜 그러냐고 되물었다.

유현모는 넋두리를 시작했다. 말을 하다 보니 술도 조금 마시게 됐다. 술을 마시다 보니 마음이 풀려서, 유현모는 아예 늙은 농부와 시골 청년을 붙잡고 대성통곡을 했다.

다음 날이었다.

관아에서 '산적들을 토벌해 무기를 되찾았으니 다시 바칠 필요 없다' 는 소식이 전해졌다.

어찌 된 일인가 알아보니 관아에 젊은 협객이 들이닥쳤단다. 놀라운 무위를 보고 죽었구나 싶어진 관졸이 미주알고주알 다 불었고, 겁을 먹은 현령은 '세금은 분명히 받았다, 원한다면 내년 세금까지 감해주겠다' 고 빌었다고 한다.

자신이 대접한 이가 천애검협이었다는 것을 알게 된 것은 그로부터 며칠 뒤의 일이었다.

유현모는 크게 감동하여 묻는 이가 없는데도 천애검협의 이야기를 떠들어댔다.

"천애검협은 다른 사람의 위급함을 해결해 주고 덕을 자랑하지 않으며, 백성의 위급을 보면 국법을 넘어 검을 뽑는 협객이니 그를 보면 억울함을 고하라!"

유현모의 이야기는 어느새 그렇게 바뀌어 있었다.
하지만 정작 소문의 주인공은 그러한 사실을 하나도 몰랐다. 그저 '도천존의 진전을 이었으면 가는 길마다 풍파가 일겠지?'라는 반선의 말을 떠올리며 민망해할 뿐이었다.
"뭘 그리 얼굴을 붉히느냐? 자랑을 해도 모자랄 판에. 부끄러워할 필요 없다, 부끄러워할 필요 없어. 백성들이 네 이름을 보고 희망을 얻으니 홍복인 셈이지."
민망해하는 소량을 보며 반선이 키득거렸다.
"차라리 이름을 밝히지 않았으면 좋았을 것을요."
본래대로라면 이름을 밝히지 않았을 것인데, 반선이 나서 '이분이 바로 소문 자자한 천애검협!'이라며 매화자 역할을 했다. 소량으로서는 민망하기 짝이 없는 일이었다.
"호되게 꾸중하시던 분이 그리 나설 줄은 몰랐습니다."
"기왕 알려진 협명, 이용해야지. 이게 바로 관록이니라. 그보다 이제 곧 안육(安陸)이군. 어떠냐, 이번에야말로 기루에 한 번 가보지 않을 테냐?"

"안 갑니다, 내키지 않아요."

"허, 참. 영웅은 호색이라던데. 어째 이리 심심한지 몰라. 이 녀석아, 기루도 가보고 해야 경험이 쌓이지. 훗날 마누라에게 소박맞는 남편이 되고 싶으냐?"

은근한 색담에 소량이 한숨을 내쉬었다.

처음의 인상과 달리, 반선은 밝고 유쾌한 사람이었다. 그냥 장난기 넘치는 시골 노인이라고 봐도 과언이 아니었다. 새참 먹는 농부들을 보면 통박을 먹으면서도 끼어들어 한 입 얻어먹기 일쑤고, 객잔에서 싸움이 벌어지면 어른이랍시고 훈계를 하다가 주먹질 한 번에 겁을 먹고 공연히 헛기침을 내뱉으며 자리에 앉곤 했다.

무학이 그리 뛰어난데, 결코 그를 내보이지 않는다.

지금도 마찬가지였다. 가벼운 산길이니 경공을 펼쳐 걸음을 줄일 법도 한데, 반선은 끝까지 두 다리로 걷기를 고집했다. 지금의 모습만 본다면 아무도 그가 고수인지 모르리라.

'하지만……'

소량은 며칠 전 그가 하던 말을 떠올렸다.

'세상에는 부조리만큼이나 즐거운 일도 많다 했지. 강호를 떠돌며 부조리만을 본다면 편협해질 우려가 있으니 즐거움도

맛보며 균형을 잡으라 했다.'

그러고 보면 늘 분노하기만 했다.

강호를 떠돌며 본 모습들이 어떠했던가!

자신의 목숨을 도외시하고 도천존의 비급을 노리는 무림인들을 보았으며, 백성들을 방패로 삼는 마인을 보았다. 동남동녀의 정기를 흡취하는 마인을 보았고, 발고하는 백성이 매를 맞는 것을 지켜만 보던 무림인들을 보았다.

그러나 반선은 그 반대의 모습도 보라고 말했다. 객잔에만 들르면 술을 마시라 권하고, 기루에 가라는 말도 자주 하거니와 농담도 즐기라 말한다.

"세상은 분명히 부조리하지만, 그렇다고 좌절할 필요는 없느니라. 세상엔 악인이 많은 만큼 선인도 많아. 따지고 보면 인간의 마음도 그렇다. 선과 악이 잡탕처럼 뒤섞여 있지. 그런 인간 수천, 수만이 모인 곳이 세상인데 어찌 한쪽만 본단 말인가? 네가 가는 길은 옳으나, 분노하며 갈 필요는 없다. 웃으면서 가거라. 사랑하며 가거라."

악을 미워하는 마음은 좋으나 너무 강직할 필요는 없다.

강직하면 부러진다.

선함을 좇는 마음은 좋으나 너무 좇을 필요는 없다.

바보가 된다.

요는 중용이다.

"하아—"

소량이 한숨을 길게 내쉬고는 고개를 절레절레 저었다.

"또 잡생각을 하는 게지? 그러지 말고 내 말을 들으라니까. 색사(色事)란 말이다, 아주 중요한 것이거든. 도가에서 가르치는 음양합일이란……."

"됐다고 말씀드리지 않았습니까."

소량이 그렇게 말하고 성큼성큼 걸음을 옮겼다.

반선이 뒤를 쫓으며 색담을 읊조렸지만 소량은 듣는 둥 마는 둥 귓등으로 흘렸다.

이 또한 반선과 동행하며 생긴 기술이었다.

그렇게 얼마나 걸었을까.

산길이 끊어지는가 싶더니, 이내 탁 트인 벌판이 모습을 드러냈다. 모를 심는 농부들이 분주하게 움직이는 모습을 바라보자 절로 마음이 평화로워졌다.

소량은 눈을 지그시 감고 길게 한숨을 토해냈다.

뜻 모를 충족감이 가슴을 가득 채웠다.

사람들이 저렇게만 산다면 얼마나 좋을 것인가!

낮에는 제 일을 하고, 밤에는 집으로 돌아가 가족들과 휴식을 취한다. 더 가지고자 하는 마음만 없다면 도원경이 바로 그곳일 게다.

"더 가지고자 하는 욕심이 없다면 얼마나 좋을까요?"

"흥! 도기(道器)라더니."

색담이 통하지 않자 반선이 불퉁한 표정을 지으며 소량의 곁으로 다가와 섰다.

"도가에서는 인위와 욕심을 배제하고 자연으로 돌아가야 한다고 말하지. 하지만 욕심이 없다면 세상이 어찌 굴러가겠느냐?"

반선이 헛기침을 큼큼 내뱉었다.

"옛날에 몹시 탐욕스러운 사람이 있었단다. 겨울이 되면 밭을 놀려야 하는 것이 마음에 들지 않았지. 계속 밭을 굴릴 방법을 찾다가 그는 '다른 작물을 심으면 되지 않을까' 하고 생각했단다. 그리고 몇 해를 시도한 끝에 가을에 보리를 심으면 된다는 두 번 수확할 수 있다는 사실을 깨달았지. 하지만 말이다, 하지만… 그 덕택에 굶주린 다른 사람들도 배를 채울 수 있게 되었단다."

소량이 생각에 잠긴 얼굴로 턱을 쓰다듬었다.

더 가지고자 하는 욕심, 더 편해지고자 하는 욕심이 세상에 도움이 될 수도 있던가?

"진짜 있는 이야기입니까?"

"아니, 내가 만든 이야기야."

반선이 낄낄 웃으며 소량의 등을 턱 치고 지나갔다. 소량이 그 뒤를 쫓자 반선이 말을 이어나갔다.

"물론 욕심이 과하면 해가 되지. 그를 탐욕이라 부른다. 특히 위정자가 탐욕스러워지면 큰일이야. 은나라 주왕이 여색에 취하고, 술에 취하고, 재물에 취했을 때 백성들이 어찌 살았더냐? 요는 중용이야, 중용. 욕심이 없으면 머저리가 되지만 과하면 악인이 되지."

소량이 고개를 두어 번 주억거렸다.

사람이 때로는 선하고 때로는 악한 것처럼 세상도 그렇다. 은나라가 방탕해져 민심을 잃자 주나라가 일어났고, 주나라도 결국엔 성세를 잃고 전국시대가 일어났다.

봄이 가면 여름이 오고, 가을이 지나면 겨울이 오는 것과 마찬가지다. 음양이 돌고 돌듯 태평성대와 난세가 번갈아 온다. 그것이 순리고, 이치였다.

'만약 그렇다면……'

세상이 수천 년 전부터 변하지 않았다면 앞으로도 변하지 않을 것이다. 권력의 뒤에 숨어 백성들을 수탈하는 자들은 계속 나올 것이다. 굴레가 끝없이 반복된다는 것을 깨닫자 무간지옥에라도 빠진 것처럼 마음이 무거워졌다.

'세상이 변하지 않는다면 협객이 무슨 소용이란 말인가? 차라리 심산유곡에 은거하여 관조하는 것이 옳을 것이다.'

소량이 조용해지자 반선이 의아한 기색으로 왜 그러냐고 캐물었다. 소량이 자신의 말재주가 없음을 한탄하며 더듬더듬 자신의 생각을 설명해 나갔다. 반선은 그렇게 멍청한 소리는 처음 듣는다는 표정으로 반문했다.

"네가 지금 무엇을 하고 있느냐?"

"예?"

반선이 피식 웃고는 성큼성큼 걸음을 옮겼다.

소량은 곰곰이 반선의 말을 되뇌었다. 무슨 헛소리를 하느냐는 식의 꾸중은 아닌 것만 같다. 그 간단한 말 속에 무언가 다른 의미가 있는 것 같았다.

"어르신, 제가 하고 있는 일이……."

"오, 어여쁘도다."

반선이 불현듯 걸음을 멈추고는 옆쪽을 바라보며 말했다.

안육이 코앞이다 보니 오가는 객이 많이 보였다.

개중에는 무림인도 많았는데, 백성들은 무림인들의 모습이 익숙한지 하던 일을 계속할 뿐이었다.

"무림인들이 많군요."

"무림맹으로 가는 길목이기 때문일 게야. 그런데 너는 남아가 아니냐? 저리 어여쁜 여아가 걸어가는데 눈을 어디에 두고 있는 게야?"

반선이 좌측을 계속 손가락질하며 말했다.

소량이 도대체 왜 그러냐는 시선으로 고개를 돌렸다.
"저 여아 보이느냐?"
십여 장 너머에 삼단 같은 머리채를 늘어뜨린 여검객이 지나가고 있었다. 경장을 차려입었음에도 정장을 차려입은 것처럼 맵시가 곱다.
"예, 아름다운 소저입니다."
"가서 말이나 붙여봐라."
반선이 소량의 등을 툭 쳐서 밀었다.
소량의 표정이 황당하게 변해갔다.
"말을 붙이라니요?"
"너도 언젠가 가정을 꾸릴 것이 아니냐? 내 이래 뵈도 월하노인이라 불릴 정도로 안목이 좋으니라. 관상만 봐도 네게 딱 어울려. 가서 외모도 좀 칭찬하고, 마음씨도 곱고 뭐 그렇게 중얼거리다 보면 다 잘되게 되어 있다."
"어르신!"
"네 외모도 제법 훤칠하니 틀림없이 눈웃음을 칠 게야. 그러면 기루에 가지 않아도 치마 속을 구경할 수 있겠지!"
"그만하세요, 그만."
남녀 간의 일을 들어 알지만, 아직 한 번도 경험해 본 적이 없는 소량이었다. 소량이 목덜미까지 붉어진 얼굴로 반선에게 화를 냈다. 반선이 재미있다는 듯 낄낄거렸다.

"이쪽을 보는구나. 역시 내게는 월하노인의 재능이 있어."
"예?"
소량이 당황하여 고개를 돌렸다.
십여 장 너머에 있던 여인이 미소를 지으며 가볍게 목례를 하고 있었다. 소란을 듣지는 못했겠지만, 노소의 모습이 보기 좋다고 생각한 모양이었다.
소량도 마주 고개를 숙였다.
'치, 치마 속이라니.'
반선에게 그런 말을 들었기 때문일까.
공연히 여인을 보는 것이 죄스러워졌다.
아무리 무림에 들었다지만 학문을 배운 몸. 이는 군자가 할 만한 일이 아니었다.
소량은 반선에게 '다시는 그러지 말라'라고 말한 후, 부끄러움을 떨치려 성큼성큼 걸음을 옮겼다. 뒤에서 반선의 짓궂은 웃음소리가 들려왔다.

인연이라는 것이 정말로 있는 것일까.
소량이 안육의 저잣거리 한가운데에 있는 복래반점(福來飯店)에 들어섰을 때였다. 저녁이 다 되어 화주나 한 잔 들이켜러 온 사내들이 껄껄거리며 웃는 틈으로 조금 전에 만났던 여인이 소면을 먹고 있는 것이 보였다.

여인은 소량을 보고 아는 시늉을 하며 가볍게 목례했다.
"거봐라, 거봐! 내 스스로를 반선이라지 않더냐. 인연이 닿은 모양인데, 합석하지 않을 테냐?"
"안 하는 것이 좋겠습니다. 어서 앉으시지요."
소량이 길게 한숨을 토해내고는 텅 빈 자리에 앉았다.
점소이가 바람처럼 날아와 차를 내어놓자 반선과 소량은 만두 접시와 소면 두 그릇을 주문했다.
여인이 있기 때문일까.
평소라면 이것저것을 물었을 소량이 조용했다. 반선은 계속해서 합석을 권유하다가 이내 질렸는지 반점 이곳저곳을 둘러보며 백성들의 이야기를 엿들었다.
"정말 천애검협과 지괴가 형제라고?"
"그렇다니까!"
구석자리에 앉아 있던 장한이 호탕하게 웃으며 말했다.
"무슨 곽가 상단? 그런 이름이었는데. 여하튼 효감현의 어느 상단에서 영세 상인들을 갈취하다가 지괴의 눈에 걸리고 말았다고 하네. 얼마나 쥐 잡듯 잡았는지 곽가 상단에서는 시키지도 않았는데 영세 상인들에게 무릎 꿇고 사죄를 했다는군."
"그거 말고 천애검협과 지괴가 형제라는 말이나 해보게."
소량의 귓가가 쫑긋거렸다. 손에 절로 땀이 났고 입이 말라

혀로 입술을 축여야 했다. 만약 장한이 이야기하지 않으면 찾아가 직접 물어볼 생각이었다.

장한이 무릎을 치며 말했다.

"그래, 천애검협과 오누이 사이가 맞아. 지괴 본인이 그렇게 이야기했다는군. 이 누나는 천애검협의 동생이자 금협(金俠) 진승조의 동생이라고 말이야."

"금협은 또 누구야?"

"지금은 망했지만, 왜 예전에 신양상단이라고 있었지 않나? 거기서 돈을 물 뿌리듯 써서 백성들을 구휼하던 상인이 바로 금협이라네. 상계에서는 신산자라고 부른다던데, 지괴가 그리 말했으니 이제는 금협이지. 지금은 어디에 있는지 모르지만 중원 각지에서 진승조의 도움을 받았다는 사람이 계속 나오고 있으니 멀쩡히 잘 지내는 모양이야."

혈마곡이 추적할까 두려워 응천부에 숨어버린 진승조였다. 하지만 상단의 일을 그만둔 것은 아니었다. 행적을 감추었을 뿐, 지금도 행수인 그의 이름으로 상행이 오간다.

"하… 하하."

이야기를 듣고 있던 소랑이 웃음을 터뜨렸다.

사람들은 이상하다는 듯 소랑을 돌아보았지만 이내 '무슨 즐거운 일이라도 있었나 보지' 하고 관심을 끊었다.

웃음소리는 점점 커져만 갔다.

"하하하!"

살아 있었구나.

그래, 살아 있을 것이라 믿었다. 평생소원이 돈을 마음껏 써보는 것이라더니 마침내 이루었구나. 돈을 버는 재주가 남다르다고 항상 말하더니, 그렇게 벌어 사람들을 도왔구나.

자신이 천애검협이라는 사실은 민망하고 부끄러워 숨기고 싶었지만, 금협이 내 동생이라는 사실은 마구 자랑하고 싶었다. 뿌듯하고 기뻐서 견딜 수가 없었다.

만약 승조가 앞에 있었더라면 틀림없이 불퉁한 얼굴로 '형님은 뭘 그리 기뻐하시오?'라고 중얼거렸을 것이 분명했다. 그 표정을 상상하자 웃음이 더욱 커졌다.

막내 유선도 무사히 살아 있었다.

천방지축 까불어 사람 구실을 제대로 할까 했는데, 오히려 그것이 사람들에게 기쁨이 되고 위안이 되는 모양이었.

처음 각원 대사에게 탐관오리의 엉덩이를 까고 볼기짝을 후려쳤다는 이야기를 들었을 때에는 자신조차 헛웃음이 나올 정도였으니.

"동생들이 다 위인이로구나."

반선조차도 감탄한 표정이었다.

소량이 뿌듯한 얼굴로 자랑했다.

"예, 모두 뛰어난 아이들입니다. 그 아이들이 제자리에 있었다면 천애검협이라는 허명은 그 아이들에게 돌아가 진명이 되었을 것입니다."

반선이 고개를 끄덕였다. 소량의 말에 동의했기 때문이 아니었다. 그들을 키워낸 이를 떠올렸기 때문이었다.

'진무신모여, 그대의 후인들은 참으로 뛰어나구려.'

반선이 눈을 질끈 감았다.

그에게도 아들이 있었다.

아니, 있었었다.

소량이 풍화되어 버린 바위처럼 쓸쓸하게 변해 버린 반선의 표정을 보고는 의아한 듯 그를 불렀다.

"어르신?"

반선은 소량을 보고는 정신을 차렸다. 왠지 모르게 서글프게 느껴지는 미소를 지으며 반선이 말했다.

"이제 보니 웃는 법도 알고 있었구나."

"예?"

"예전에는 한 번도 안 웃지 않았더냐?"

소량은 저도 모르게 자신의 입가로 손을 가져갔다. 그러고 보니 요 며칠 웃은 적이 없었다. 상념에 빠져서 걷거나 무거운 마음을 추스르려 애를 썼을 뿐이었다.

아니, 요 며칠만이 아니다. 유선의 행방을 찾으러 갔다가 나전현의 아이들을 만난 후부터 웃은 적이 없었던 것 같다.

소량이 깊은 상념에 젖어들 때였다.

옆에서 한바탕 소란이 일어났다.

"그러니까 천애검협의 일가는… 어? 이 씨벌 놈이!"

여우 같이 생긴 사내가 반점에 들어서자, 한창 이야기를 떠들어대던 장한이 버럭 고함을 질렀다. 장한이 있는 줄 모르고 들어왔던 사내가 화들짝 놀라 비명을 질렀다.

"어이쿠! 이런 망할!"

"잘 만났다, 이 씨벌 놈! 감히 내게 사기를 쳐? 어, 어이쿠! 저놈 잡아라!"

사내는 가타부타 말도 없이 후다닥 도망을 쳤다.

장한에게는 천만다행히, 근처에 있던 반선이 재빨리 몸을 날려 사내의 발을 붙잡았다.

"헉! 놔! 놓으란 말이다, 이 영감탱이야!"

사내는 반선을 뿌리치려 마구 다리를 흔들다가, 여의치 않자 밟아대기 시작했다. 그렇게 무학이 뛰어난 반선이지만, 그는 힘없는 촌로처럼 비명을 질러댔다.

"아야야! 이 젊은 놈이 사람 잡는다!"

"반선 어르신!"

소량이 다급히 달려들어 사내를 붙잡았다.

소량을 본 사내는 '젊은 놈이니 최대한 빨리 뿌리쳐야 한다'고 판단하고는 대뜸 주먹을 날렸다.

반선이 무학이라고는 모르는 사람처럼 굴기 때문이었을까, 아니면 마음에 동하는 것이 있었던 것일까?

소량은 주먹을 맞아주는 편이 좋을 것 같다고 생각했다.

"잡았다, 이 자식!"

호되게 얻어맞은 소량의 얼굴이 홱 돌아감과 동시에 장한이 뛰어들어 사내의 멱살을 잡았다.

드디어 붙잡힌 사내가 몸을 바들바들 떨었다.

"내 갚을게. 갚아주면 될 거 아니야!"

"시끄럽다, 이 씨벌 놈아!"

장한이 사내의 얼굴을 주먹으로 후려쳤다.

반선을 밟을 때나 소량을 후려칠 때에는 그렇게 기운 넘치던 사내가 고양이 앞의 쥐 마냥 움츠러들었다.

"뭐? 보부상에게 팔아달라 부탁하면 얼마든지 팔아줘? 은자를 가지고 도망친 그 보부상 놈을 얼마 전에 잡았다! 너와 공모하여 벌인 일이라고, 은자도 반은 네가 가지고 있다고 술술 불더구나!"

소량이 사내를 때리는 장한을 말리려 들 때였다.

반선이 슬며시 고개를 저었다.

"그냥 두어라."

소량이 의아한 표정으로 장한을 잡으려던 팔을 내렸다.

장한에게는 사내를 용서할 마음이 없으리라. 돈을 돌려받고 용서하는 수도 있을 테지만 이 기회에 분풀이를 해야겠다는 마음을 거두지 못하리라.

사내에게도 반성의 여지는 없었다. 언젠가 생사투를 벌였던 잔혈마도 이곽이 죽기 직전, 마지막 술수를 준비하며 거짓으로 빌 때처럼 그의 눈은 이리저리 흔들릴 뿐이었다.

용서할 마음도 없고 반성할 마음도 없다. 하지만 기이하게도, 장한을 말리려던 생각을 거두자 마음이 편안해졌다.

소량 스스로도 이해할 수 없는 감각이었다.

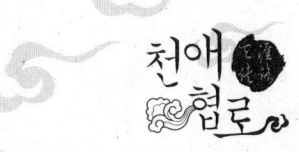

1

소량은 곰곰이 조금 전에 있었던 일을 떠올렸다.

용서할 생각이 없는 장한과 반성할 생각이 없는 사내. 그들을 가만히 지켜보다 오히려 무언가를 납득한 자신.

도무지 이해할 수 없는 일이었다.

자신의 마음이 어떠한지조차 모르므로 궁리를 계속해 보고 싶은데, 장소가 장소인지라 생각을 계속할 수가 없다.

소량은 기루에 와 있었다.

"무슨 일로 이렇게 심각하신지요, 소협?"

입은 건지, 두른 건지 모를 야한 복장을 한 기녀가 소량의 어깨에 가슴을 짓누르며 말했다.

"……."

청루홍루(青樓紅樓) 이야기를 들었지만 직접 와보기는 처음이었다. 소량이 와 있는 곳은 몸을 파는 기녀들이 주로 있는 청루였는데, 나름 홍루 흉내를 내는지 예기가 구석에서 비파를 켜고 있었다.

"아무것도 아니오."

긴장한 소량이 딱딱하게 굳은 얼굴로 말하자 월향(月香)이라 스스로를 소개한 기녀가 까르르 웃음을 터뜨렸다.

"아무래도 소협은 이런 곳에는 처음 와본 모양이지요?"

"그렇소. 사실 올 마음이 없었는데 동행하는 어르신께서 강제로 집어넣는 바람에……."

별로 웃길 것도 없는 이야기였는데 월향은 까르르 웃음을 터뜨렸다.

"하아—"

소량은 씁쓸한 얼굴로 길게 한숨을 토해냈다.

사내를 마음껏 두들겨 팬 장한은 '또 내 눈에 띄면 죽을 줄 알아라' 라는 경고를 남기고 그를 돌려보냈다. 그리고 도와준 것에 감사하다며 반선과 소량을 불러 술을 대접했다.

술자리가 작파하자 반선은 숙소를 구하지 못했다고 호들갑을 떨더니 자신을 이곳으로 데려왔다.

근처에 방이 남는 곳이 하나도 없으니 이곳에서 묵자며, 기녀는 부르지 않아도 된다고 했다.

물론 그것은 거짓말이었다.

방 하나를 통째로 내어주기에 그러려니 했는데 조금 후에 술상과 예기가 들어오더니 기녀들이 우르르 쏟아진 것이다. 한 명을 선택하라기에 아무나 고른 것이 바로 월향이었다.

"본래 처음이란 모두 어려운 법이지요. 하지만 금방 익숙해지실 것이랍니다. 여기 술 한 잔 받으셔요."

소량이 묵묵히 부어주는 잔을 받을 즈음이었다.

곡이 끝났는지 춘향(春香)이라는 예기가 비파에서 손을 떼더니 소량의 옆으로 다가왔다.

"우리 월향이 오늘 호강하겠네. 이런 멋진 소협을 모시게 됐으니. 게다가 처음이시라니, 얘, 나랑 바꾸지 않을래?"

"언니는. 이렇게 잘생긴 장부를 양보할 리가 있나?"

기녀의 세계를 무림에 빗댄다면 청루의 기녀들이야말로 천하제일의 고수들이 분명하다. 홍루에서 굴러먹을 대로 굴러먹어 기녀의 세태를 잘 아는데다가, 뒷골목 왈패들의 경쟁까지 겪게 되니 사람 대하는 데에도 도가 튼다.

월향과 춘향은 보자마자 눈앞의 청년이 총각이라는 것을 알아챘다. 닳고 닳아서 지겨운 사람만 보다가 이런 초짜를 보니 신선한 맛이 가득이다. 가슴을 부비면 얼굴이 붉어지고,

허벅지를 만지면 몸이 움찔움찔 요동을 친다.
"오호호!"
기녀들이 재미있다는 듯 까르르 웃었다.
소량은 그 어느 때보다도 당황했다.
"하, 함께 온 어르신은 어디에 모셨소? 뵈어야겠소."
"어머, 우리들이 싫으신가 봐."
"그게 아니라 그저 뵈어야 할 일이 있는 것뿐이오."
소량이 더듬거리며 말하자 기녀들이 눈을 샐쭉하게 떴다.
"하지만 그 어르신은 술 한 잔 더 하신다고 나가셨는데요. 은자를 주시면서 소협을 살살 녹여놓으라고 했어요."
"네 뼈가 먼저 녹겠다, 얘."
기녀 사이에도 규칙이 있는 모양이었다.
춘향이라는 예기는 옆에서 말벗이나 해줄 뿐, 교태를 부리지는 않았다. 반면 월향이라는 기녀는 여기저기 몸을 부비며 난리다. 소량은 어서 이곳에서 나가야겠다고 생각했다.
'반선 어르신은 도대체 무슨 생각이람.'
다시금 자신을 말리던 반선의 모습이 떠올랐다. 왠지 모르게 자신을 말린 이유를 알 것도 같다.
그것이 삶이기 때문일 것이다. 누구도 대신 살아줄 수 없는 온전히 그들만의 것이기 때문일 것이다.
'이상을 꿈꾼다? 그 말이 옳구나. 머리로는 알고 있었지만

가슴으로는 조금의 다툼도 없는 세상을 꿈꾸고 있었어.'

그들이 그들의 힘으로 헤쳐 나가야 할 세상을 자신이 대신 나서려 했었다. 생사가 오가는 큰일이라면 마땅히 나서야 할 일이나, 몇 푼어치 시비에는 나설 필요 없는 것을. 반선 어르신이 무학을 모르는 사람처럼 구는 것도 이해가 갔다.

'생각해 보면 반선 어르신께서는 한 번도 이상을 좇는다는 사실을 탓한 적이 없다.'

반선은 부조리함을 보고 분노하는 것은 옳은 일이라고 말했다. 그저 어느 한쪽에 치우쳐 마음의 중심을 잃어서는 안 된다고 강조했을 뿐이다.

'알고 있어. 알고는 있지만······.'

머리로는 알고 있는 사실이나 가슴으로는 받아들여지지 않는다. 거기다 더해서 또 다른 의문도 든다.

'차라리 은거하는 것이 낫지 않겠느냐는 질문에 내가 지금 무엇을 하고 있느냐고 물었었지.'

생각에 잠겨 있다 보니 저도 모르게 술을 한 잔 들이켰던 모양이다. 월향이 얼른 주호(酒壺)를 잡았다.

"어머, 술잔이 비셨네. 이만큼이나 드셨는데 취하지도 않으셔요?"

"나도 몰랐는데 술이 센 편이었나 보오."

"영웅은 말술이라더니!"

소량은 잔을 내려놓고는 월향을 물끄러미 바라보았다.

월향은 '드디어 이 쑥스럼 많은 청년이 음심을 품었나 보다'라고 생각하고는 더더욱 교태스럽게 웃었다.

하지만 소량은 오히려 그들의 삶을 생각할 뿐이었다.

"그대는 어쩌다가 이런 곳에 오게 되었소?"

월향의 표정이 흠칫 굳었다.

기루에서 그런 질문은 금기 중의 금기다. 예기라면 몰라도 청루의 기녀가 되고 싶어 하는 여인이 어디 있겠는가! 사연 있는 사람으로 말하자면 말 그대로 한 가득이다.

"이런 곳까지 와서 그런 이야기를 듣고 싶으세요?"

"듣고 싶소."

소량이 술잔을 한 번 더 들이켜며 말했다.

월향이 얼른 잔을 채워주었다.

"사연이랄 것이 있나요? 어쩌다가 보니 오게 된 거지요."

소량이 계속 듣고 싶어 하자 월향이 한숨을 내쉬었다. 흔하고 흔한 이야기이니 들어도 재미날 것이 없을 터인데.

"흉년이 원수지요. 먹을 것도 없는데 애만 줄줄이 낳아놓은 부모가 원수지요. 쫓겨날까 무서워 물로만 끼니를 때우던 큰딸을 딸이라 팔아버린 것이 부모가 원수지요."

월향이 고개를 떨어뜨렸다.

"가난이 원수지요."

소량은 눈을 지그시 감았다.

가난이 원수라?

부정도 긍정도 할 수 없는 말이었다.

"얘는? 너는 그냥 팔려온 거 아니잖아."

춘향이 월향을 흘겨보며 말했다.

흉년 때문에 팔려온 것은 맞았다. 그러나 그 중심에는 고리 대금업자 염가가 있었다.

염가는 굶어 죽어가는 백성들 중 미색이 고운 여인이 있는 집을 골라 돈을 빌려주었다. 당연한 일이지만 그 돈은 순식간에 두 배로, 세 배로 불었다. 빚을 감당할 수 없게 되면 딸을 데려가 기루에 집어넣는다.

차라리 그것만이라면 원망도 미움도 덜할 것을.

염가는 딸을 팔아치운 액수가 빌려간 돈만 못하다며 다시금 돈을 받았다. 흑도방파인 경산파(驚山派)가 뒤를 봐주니 돈을 내지 않을 수도 없다.

딸을 팔아 잘사나 두고 보자 독설을 내뱉었던 월향이었지만, 동생이 굶어 죽자 눈이 돌아버렸다.

그녀는 경산파건 자시건 죽기밖에 더하겠냐며 그들에게 덤볐고, 윤간을 당한 채로 돌아왔다.

그녀를 윤간하는 사내들을 때려죽이겠다며 아비가 나섰다가 크게 몰매를 맞아 반신불수가 되었다.

"기녀인 몸인데 사내 몇 놈 더 거쳐 가는 것이 무슨 상관이라고……."

월향이 마침내 눈물을 찍어내고 말았다.

"언니는 왜 그런 말을 해서 사람을 울리고 그래?"

월향이 춘향을 탓하자 그녀가 길게 한숨을 내쉬었다.

"네가 술에 취해 난동을 부릴까 봐 그랬지."

기녀치고 술 약한 여자가 없다지만, 월향은 유난히 술이 약했다. 때로 손님보다 먼저 취할 때가 있는데 그때마다 경산파 놈들을 죽이겠다며 나서기 일쑤였다.

춘향은 이번엔 소량을 슬쩍 바라보았다. 혹시 마음에 들지 않아 기녀를 바꿔달라고 말하면 바꿔주어야 했다.

하지만 소량은 아무런 말도 하지 않았다.

'잘됐구나, 월향아.'

주사 때문에 온갖 구박을 다 받던 월향이었다. 오늘 초짜를 만났으니 월향도 간만에 체면치레를 하게 생겼다.

그런데 정작 장본인인 월향이 초를 치고 말았다.

"제 소원이 뭔지 아시나요, 소협?"

월향의 표정이 표독스러워졌다. 그동안 몇 잔 마신 것이 취기가 되어 돌아왔던 것이다.

"돈을 모아 낭인을 사서 염가 그놈을 죽이는 거예요. 이미 이야기가 다 되어 있어요. 그놈에게 팔려온 기녀들이 얼마나 많은데? 언니도 그놈을 죽이겠다고 말했었잖아."

소량이 눈을 지그시 감고 길게 한숨을 토해냈다.

삶은 태산처럼 무거운데 죽음은 깃털처럼 가볍다.

"한 잔 더 주시오."

월향 대신 춘향이 얼른 잔을 채워주었다.

소량은 그것을 꿀꺽 삼키고는 자리에서 일어났다.

"함부로 죽이겠다는 말을 하지 마시오. 말은 마음을 움직이는 재주가 있다오. 죽이고 싶다는 말을 계속하면 마음도 그렇게 변하는 법, 고운 얼굴이 상하오."

"예?"

월향과 춘향이 의아한 얼굴로 소량을 바라보았다. 연민이 가득한 그의 표정에서 시선을 뗄 수가 없다. 그저 시선만 마주친 것뿐인데도 위로를 받는 느낌이 들었다.

"잘 마셨소."

"어머나, 소협! 이리 가시면 아니 되어요."

"소협? 소협!"

월향과 춘향이 번갈아가며 불렀지만 소량은 뒤를 돌아보지 않았다. 그저 묵묵히 후원을 지나 문가로 다가갈 뿐이다. 문가까지 쫓아왔던 월향과 춘향이 안타까운 눈으로 기루를 나서는 소량을 바라보았다.

"후우—"

기루를 나선 소량이 가볍게 심호흡을 했다. 차가운 밤공기가 폐부 깊숙한 곳까지 스며들었다.

"또 뵙네요, 소협."

낮에는 길거리에서, 저녁에는 반점에서 마주쳤던 여인이 소량의 앞에 서 있었다. 그것도 의미심장한 눈으로 소량을 바라보면서 말이다. 소량은 뒤를 흘끔 돌아보고는 쓴웃음을 머금었다. 이제는 파락호로 보여도 이상할 것이 없으리라.

"밤이 늦었는데 무얼 하시오?"

통성명을 하는 것이 먼저일 것인데, 벌써 두 번이나 보았다고 질문부터 나갔다.

"잘 곳을 찾지 못해서요. 오늘따라 가는 곳마다 만원이라지 뭐예요?"

여인이 살포시 한숨을 내쉬었다. 잘 곳을 찾지 못했다는 반선의 말은 진실이었다. 소량과 비슷한 시기에 마을에 들어온 그녀로서는 도저히 방을 찾을 수가 없었다.

소량은 그녀를 물끄러미 바라보았다.

새하얀 피부와 삼단 같은 머리카락이 곱디곱다.

보아하니 나이도 그리 많지 않은 듯했다. 열여덟 아홉이나 되었을까. 다만 눈이 큼지막해서 또래보다 어려 보인다.

문득 영화를 떠올린 소량이 부드럽게 웃음을 지었다.

"잘 곳을 찾을 수 있기를 바라오."

'사내는 역시 다 그렇구나'라고 중얼거리느라 소량의 말을 듣지 못했던 그녀가 뒤늦게 고개를 들었다.

소량이 자신을 스쳐 지나가고 있었다.

'그런데 기루에서 나온 사람 표정이 왜 그렇담?'

표정이 너무도 씁쓸하게 보였다.

어딘지 모르게 외롭게 보이기도 했다.

제갈영영(諸葛永永)은 이상하다는 듯 고개를 갸웃하며 그 뒷모습을 바라보았다.

2

제갈세가에는 말 그대로 금지옥엽이 하나 있다. 그 엄격한 가주가 매를 대기는커녕, 만지면 닳을까 두려워 제대로 건드리지도 못한다는 열아홉 금지옥엽이다.

그녀는 또한 천재이기도 하다. 천하를 경영하는 데에는 둔할지 모르나 진법에 있어서는 무서우리만치 영민했다. 그 나이에 새로이 진법을 창안할 정도라면 말 다한 셈이다.

가주는 고심하지 않을 수가 없었다. 강호를 생각하자면 그녀를 강호로 보내는 것이 옳다. 그러나 아비로서 생각하자면 강호로 내보낸다는 것은 언감생심 꿈도 못 꿀 이야기다.

저울추는 아비의 심정으로 기울었다.

그는 딸에게 금족령을 내렸다.
그래서 제갈영영은 가출을 선택했다.
'미안해요, 아버지.'
안육의 저잣거리를 걸어가던 제갈영영이 혀를 삐쭉 내밀고는 하늘을 올려다보았다. 매일 보는 하늘이지만 강호의 하늘은 또 다른 맛이 있다.
'문제는 잘 곳을 찾는 건데.'
강호에 나와 자유를 만끽하는 것도 좋았지만 노숙만큼은 끔찍한 일이었다. 몰래 기어드는 벌레도 소름끼치고 푹신한 침상이 절로 그리워지는 딱딱한 바닥도 마음에 안 든다.
마을에 들어왔으니 '지긋지긋한 노숙은 끝이다'라고 생각했는데 지금까지도 잘 곳을 찾질 못했다. 봄이 되자 상인들의 움직임도 무림인들의 이동도 활발해진 탓이었다.
안 그래도 울적한데 비까지 내리기 시작했다. 처음에는 보슬보슬 내리는가 싶더니 점점 빗발이 굵어졌다.
쏴아아—
'에잇.'
그녀는 공연히 발을 구르다가, 조금 전 기루에서 보았던 청년이 어딘가로 걸어가고 있는 것을 발견했다.
'어라? 또 저 소협이네.'
아무리 같은 안육에 있다지만, 벌써 하루에 네 번이나 마주치는 셈이었다. 처음 보았을 때는 태상가주 할아버지와 장난치던 추억이 떠올라 웃었고, 두 번째 볼 때는 반점에서 한 대 호되게 얻어맞는 것을 보고 남몰래 키득거렸다.

눈빛이 맑고 순박한 것이 절로 호감이 가는 사람이었다.

'그렇게 순박한 얼굴로 기루에나 들락거리지만.'

기루 앞에 서 있던 청년을 떠올리자 왠지 모르게 눈이 가늘어졌다. 남자는 종종 그런 곳에 다니곤 한다는 말을 들어 알고 있었지만 아는 것과 직접 보는 것은 다르다.

'그러고 보니 표정이 울적했는데… 앗, 저기 들어간다.'

청년이 염가상이라는 낡은 현판이 걸린 장원의 문을 두드렸다. 문지기가 졸음에 겨운 목소리로 욕설을 내뱉었다.

"이런 씨벌! 아무리 우리 염가상이 밤에도 일을 한다지만 이건 너무하는 거 아닌가! 누군지 모르나 비도 오고 그러니 내일 오도록 해라!"

청년이 다시 문을 두드리자 문지기가 화를 냈다.

"아니, 근데 이 씨벌 놈이 계속!"

마침내 문지기가 문을 열었다.

"내 말을 듣지 못했느냐, 이 개 같은 놈아! 너는 도대체 무슨 사연이 있기에 이 비 오는 밤에 문을 두드리고 난리냐!"

"돈을 빌려주러 왔소."

"뭐?"

천하의 염가상에 돈을 빌리러 온 것이 아니라 돈을 빌려주러 왔단다. 강호에 별의별 미친놈이 많다지만 이런 종류의 미친놈은 처음이다.

"이런 미친놈이? 치도곤을 당하기 전에 썩 꺼져라."

"나는 돈을 빌려주러 왔다고 했소."

문지기는 더 이상 대화할 생각이 없었다. 그는 문가에서 술을 마시고 있는 경산파의 형제들을 불렀다.

"여기 웬 미친놈이 와서 돈을 빌려주겠다는군! 급전이 필요한 사람 어디 없나?"

"으하하! 장가 자네가 빌려보는 게 어……."

왈패 하나가 그렇게 말할 때였다.

크게 비웃던 문지기가 비명을 토해냈다.

"크아악!"

청년이 문지기의 팔을 잡고 가볍게 뒤틀자 원래부터 그랬던 것처럼 오른쪽 팔이 부러져 덜렁거린다.

"놈! 어디에서 왔느냐!"

문가에서 술을 마시던 왈패들이 다급히 청년에게로 뛰어들었다. 한 명은 동료들을 부르러 본당으로 달려갔다.

'앗, 사람을 더 부르러 갔으니 위험할 텐데.'

경공을 펼쳐 담장에 대롱대롱 매달린 제갈영영이 당황한 얼굴로 생각했다. 한 수 재간은 있어 보이지만, 반점에서 호되게 얻어맞던 것을 생각하면 안심할 수가 없다.

그녀는 자신이 뛰어들어 도와야 하나 고민했다.

하지만 그녀가 뛰어들 필요는 없었다.

"으아악!"

"헉! 씨벌!"

몇 걸음 디디지도 않는 것처럼 보이는데 청년은 왈패들 틈을 종횡무진 오갔다. 그렇게 한 번 지나갈 때마다 왈패들 팔이나 다리 중 한 군데가 부러진다.

"어디에서 보낸 놈, 아니, 고인이시오?"

"돈을 빌려주러 왔소."

청년이 조그맣게 말할 즈음이었다.

왈패들과는 비교도 되지 않는 상대가 왔다. 머리가 큼지막한 쌍둥이 형제였는데, 제갈영영은 몰랐지만 그들은 귀두쌍아(鬼頭雙兒)라는 호광무림의 고수였다.

"여기가 어디라고 행패를 부리느냐!"

조심스럽게 다가오는가 싶던 귀두쌍아가 날카로운 권각으로 청년을 공격했다.

제법 뛰어난 권각술을 본 제갈영영의 표정이 다급해질 무렵, 공격을 해왔던 귀두쌍아가 빠르게 뒤로 튕겨났다. 그것도 쿨럭쿨럭 피를 토해내면서 말이다.

'알고 보니 무림의 고수였구나.'

그런 사람이 객잔에서는 왜 얻어맞았을까?

제갈영영이 기이하다는 듯 고개를 갸웃했다.

"뉘, 뉘시기에……."

아무래도 그 머리 큰 쌍둥이 형제가 염가상이라는 장원에서 가장 고수인 모양이었다. 느긋하게 구경하던 키가 작고 깡마른 노인이 몸을 부르르 떨며 말했다.

"뉘시기에 이 염가를 찾아왔소?"

"돈을 빌려주러 왔소."

청년이 무심한 어조로 말했다.

염가는 그만 겁을 집어먹고 말았다. 경산파의 왈패들은 상대를 건드려 보지도 못하고 뼈가 오독오독 부러졌고, 큰돈을 지출해 모셔온 귀두쌍아는 눈 깜짝할 새 만신창이가 되었다. 이런 고수에게는 해달라는 대로 해주는 것이 상책이다.

염가는 부들부들 떨며 말했다.

"어, 얼마를 빌려주시려오?"

"은자 한 냥."

청년이 소매에서 은자를 한 냥 꺼내며 말했다.

"다만 시간 내에 갚아야 하오. 갚지 않으면 일다경 당 이자를 포함해 열 배씩 늘어나오. 빌리기 전에 약조하셔야 할 것이 있는데, 한 번 빌렸으면 하루 안에는 갚지 못하오."

세상에 이런 사기가 어디에 있는가!

염가가 입을 쩍 벌렸다.

"세상에 이런 법은 없소이다!"

"그대도 나와 마찬가지 일을 하지 않았소?"

염가는 할 말을 잃어버리고 말았다. 수치에서 차이가 나긴 하지만, 사실 자신의 방법도 크게 다르지 않다.

"좋소."

염가가 이를 뿌드득 갈았다. 이대로 전 재산을 갈취당할 수는 없다. 은밀히 살수를 고용해 상대를 처리해야겠다고 생각한 염가가 조심스럽게 질문을 던졌다.

"귀하의 성함이 어떻게 되시오?"

"진가 사람으로 이름은 소량이오."

"헉! 천애검협 진소량!"

염가가 사시나무 떨듯 몸을 부르르 떨었다.

깜짝 놀란 것은 제갈영영도 마찬가지였다.

'천애검협 진소량?'

무언가를 생각하던 제갈영영이 고개를 끄덕였다.

낡은 마의에 철검을 보아하니 진짜가 분명했다. 머리 큰 쌍둥이 형제를 물리칠 때 보였던 일수는 그녀로서도 제대로 알아볼 수 없는 것이었다.

"지, 진 대협. 저는……."

천애검협이라는 말에 염가가 몸을 부르르 떨었다.

그냥 무인이라면 살수를 불러볼 만하겠지만 검기성강의 경지에 이른 고수라면 이야기가 다르다. 세상에 어떤 미친 살수가 그런 의뢰를 받아들이겠는가!

청년, 아니, 소량이 물끄러미 그를 바라보다 말했다.

"내일 다시 오겠소."

염가가 바닥에 털썩 주저앉자, 소량이 미련없이 몸을 돌렸다. 경산파의 사람 일곱의 팔을 부러뜨렸고 이름 모를 고수 두 명을 꺾었으니 당분간 안육은 조용할 것이다.

내일 돈을 받거든, 그간 염가가 괴롭혀 온 사람들에게 돌려줄 생각이었다. 자신이 떠난 뒤에 난리를 피울지 모르니 무림맹의 지부에도 따로 부탁을 해두어야 할 터였다.

"......"

그렇게 생각하며 염가상을 나오던 소량은 조금 전에 보았던 여인을 다시 만나게 되었다.

담벼락에서 갓 뛰어내린 제갈영영을.

쏴아아—

내리는 비를 맞으며 소량은 미간을 가볍게 찌푸렸다. 이 여인은 도대체 누구기에 이렇게 자주 만난단 말인가! 혹시 자신의 뒤를 쫓아다니기라도 한 걸까?

소량이 무어라고 질문을 하려 할 때였다.

"다 젖으셨네요."

제갈영영이 어색하게 웃으며 소량의 옷을 가리켰다.

하필이면 딱 질문을 할 때에 말을 건 탓에 소량은 할 말을 잃어버리고 말았다. 소량이 말이 없자 제갈영영은 잠시 머뭇거리다가 예를 갖춰 장읍을 했다.

"인사가 늦었어요. 저는 제갈가의 여식으로 이름은 영영이라 합니다."

"진가 사람 진소량이오."

소량이 마주 장읍하자 둘 사이에 무거운 침묵이 감돌았다.

어색함을 참지 못해 어떻게든 말을 붙여야겠다고 생각한 제갈영영이 입술을 오물오물거렸다.

소량은 그만 헛웃음을 짓고 말았다.

"저녁에 있었던 반점으로 돌아갑시다. 숙소를 찾는 것이 어렵다면 그곳에서 밤을 지새우는 것이 나을 것이오."

그렇지 않아도 같은 생각에 반점으로 돌아가던 길이었다. 제갈영영이 배시시 웃으며 고개를 끄덕였다.

소량은 제갈영영을 제대로 보지 못하고 고개를 돌렸다.

"네 외모도 제법 훤칠하니 틀림없이 눈웃음을 칠 게야. 그러면 기루에 가지 않아도 치마 속을 구경할 수 있겠지!"

왜 하필 이때 반선 어르신의 목소리가 떠오른단 말인가!

민망해진 소량이 묵묵히 걸음을 옮겼다.

세가가 아닌 강호에서 무림인을 만난 적이 드물었던 제갈영영도 무어라 말을 꺼내지 못하고 조용히 걸을 뿐이었다.

'어색해 죽겠네. 아무 말이라도 꺼내볼까?'

제갈영영이 소량을 흘끔거리며 생각했다.

천하에 드문 협객을 만났지만, 제갈영영의 눈에 동경 같은 감정은 없었다. 그 정체를 알기 전에 보아온 순박한 모습 탓이었다. 그래서 제갈영영은 말 그대로 아무 질문이나 꺼내볼 수 있었다.

"표정이 좋지 않아요."

"표정?"

"기루에서 나왔을 때도 그렇고, 지금도 그렇고. 악당을 혼내주었으니 뭔가 통쾌한 표정을 지어야 하지 않나요?"

제갈영영이 '예를 들어 이런 표정이라거나'라고 중얼거리며 뿌듯한 표정을 지었다. 그 모습이 귀여워 소량은 하마터면 웃음을 터뜨릴 뻔했다.

"그래야 하는 건지도 모르겠소."

"그게 무슨 말씀이신가요?"

제갈영영이 되묻자 소량이 미소를 지으며 답했다.

"최근 고민하는 것이 있어서 말이오."

처음 보는 이에게 꺼낼 말은 아니었다.

굳이 숨길 이유는 없지만 그렇다고 고민이 많다고 소문내고 다닐 필요도 없는 것이다.

하지만 제갈영영을 보자 왠지 모르게 마음이 편해진다. 소량은 '내가 왜 이럴까'라고 생각하며 말을 이어나갔다.

"사람의 마음에는 선과 악이 뒤섞여 있소. 그런 사람이 수백, 수만이 모인 곳이 강호고 세상이오. 그리고 가을이 가면 겨울이 찾아오는 것처럼, 세상엔 선한 자가 득세할 때가 있는 반면 악한 자가 득세할 때도 있소. 그러니까 나는……."

자기가 봐도 횡설수설한다고 생각한 소량이 한숨처럼 말을 맺었다.

"나는 그저 돕고 싶었을 뿐이었소."

제갈영영이 눈을 가늘게 떴다. 차라리 학문이나, 지리, 수리 등을 물었다면 대답을 할 수 있었을 텐데 이처럼 내밀한 고민을 들으니 어떤 말도 할 수가 없다.

게다가 고민을 듣다 보니 엉뚱하게도 아버지가 떠오른다.

"우리 아버지 같아요."

"그게 무슨 소리요?"

"우리 어머니가 딱 그렇거든요. 변덕이 죽 끓듯 해서 오늘은 이랬다가 내일은 저랬다가 해요."

제갈영영이 화제를 돌리려 한다고 생각한 소량이 쓴웃음을 머금었다.

"그래서?"

"어느 날, 어머니께 크게 꾸중을 들었어요. 하도 화가 나서 아버지께 찾아가 왜 어머니 같은 여자랑 혼인했느냐고 따졌더니 아버지도 한숨을 쉬더라고요. 다만 말씀하시기를 세월이 지나니 단점마저 좋아지고, 그보다 더 세월이 지나니 그저 사랑하게 되더라고 하셨어요."

왜 어머니랑 혼인했느냐고 따졌다는 말에 헛웃음을 지었던 소량의 표정이 조금씩 변해갔다. 별것 아닌 한마디였으나 그 말을 듣자 마음 한 구석에 깊이 박혀 있던 말뚝 하나가 뽑혀 나간 느낌이 들었다.

소량의 변화를 알아챈 제갈영영이 고개를 갸웃했다.

"표정이 또 이상해요."

소량은 대답을 하지 않았다. 제갈영영이 자신의 입가에 손가락을 가져가 웃는 표정을 만들어냈다.

"웃어봐요, 이렇게."

멍하니 제갈영영을 바라보던 소량이 그녀를 따라 미소 지었다. 소량이 웃자 제갈영영이 어깨를 으쓱했다.

"저는 다른 반점으로 갈래요. 아무리 그래도 다 큰 처녀가 기루나 다니는 남자와 밤을 지새울 수는 없으니까."

"소저, 그것은……."

소량이 당황한 얼굴로 변명하려 했으나 벌써 제갈영영은

몸을 돌린 후였다. 물안개 사이로 사라져 가는 제갈영영의 뒷모습을 바라보던 소량이 어깨를 늘어뜨렸다.

몸을 돌린 제갈영영이 혀를 날름 내밀었다.

'천애검협과 잡담을 해본 적이 있다고 자랑하면 사람들이 믿어줄까?'

제갈영영은 그렇게 생각하며 완전히 소량의 시선에서 사라졌다. 소량은 그녀의 빈자리를 하염없이 바라보다가 고개를 절레절레 저으며 반점 안에 들어섰다.

반점 안에는 반선이 홀로 앉아 자작을 하고 있었다.

"음? 벌써 온 게야?"

소량은 아무런 말 없이 그를 바라보았다.

반선이 오만상을 찌푸리며 말했다.

"이제 보니 중간에 나온 게로군. 돈 아깝게."

소량은 이번에도 대답하지 않았다.

이상은 없고 현실만 존재한다던 반선의 말이 이제야 이해가 갔다. 이상은 없다. 선만이 존재하는 세계도 불가능하고, 부조리만이 존재하는 세계도 불가능하다.

그러므로 이상이 이루어지지 않는다고 좌절할 필요도 없고, 인간에 대해 기대했다 실망할 필요도 없다. 있는 그대로를 온전히 받아들이고 할 수 있는 바를 해야 했다.

"그저 사랑할 수 있을까요?"

반선은 소량의 눈을 물끄러미 바라보다 알아차렸다. 그간 흔들리던 소량의 시선이 더 이상 흔들리지 않음을, 무언가를 깨닫고 질문을 던지고 있다는 것을.

 반선의 입가에 조금씩 미소가 떠올랐다. 평소의 장난스러운 미소가 아닌, 제자를 바라보는 자애로운 미소였다.

 "네가 지금 무엇을 하고 있느냐?"

 소량이 반선처럼 환한 미소를 지었다.

第九章
복수

1

 검은 마차 한 대가 텅 빈 관도를 달리고 있었다. 허름한 외관과 달리 마차의 크기는 큼직했는데, 열다섯 명이 넘는 사람이 들어가 있어도 좁다고 느끼지 못할 정도였다.
 마차의 내부도 그렇다. 좌석은 비단으로 만들어져 있고 벽과 천장에는 장인이 승천하는 용을 조각해 놓았다. 듣기로는 원래 밖에다 철갑을 두르려 했다고 한다.
 "망할 영감, 돈지랄을……."
 신산자 진승조가 입술을 비죽거렸다. 단주와는 대개 마음이 맞는 편이었지만, 지난번 신양상단의 본단이 습격을 당한 이후로 승조가 투덜대는 날이 많아졌다.

신양상단 하나를 보호하는 데 금자가 천 냥 넘게 들어갔다고 했다. 원대에 화약을 구해다 여기저기 심어놓고, 어지간한 자면 들어가는 즉시 즉사할 만한 기관을 설치해 두었기 때문이었다.

'그렇게 좀생이처럼 굴던 양반이 여기저기에 돈을 발라두었구먼.'

승조가 콧방귀를 흥 뀌고는 쥐고 있는 서류에 시선을 돌렸다. 어떻게 정보망을 구축해 놨는지, 천하각지의 정보가 담긴 서류는 본단이 습격당한 이후에도 무사히 전달되었다.

새삼 상단주 이호청의 능력이 부러워진다.

욕설을 내뱉은 것도 그래서일 게다.

"흐음."

신양상단은 이제 혈마곡과 양립할 수 없는 사이가 되었다.

첫째로, 이유가 어찌 되었든 신양상단의 본단을 습격한 것은 씻을 수 없는 원한이다. 사람은 다치지 않았지만, 이호청은 본단에 들어간 돈이 아까워 자다가도 벌떡 일어난다.

둘째는 무림맹 때문이다. 상인답게 첫 번째 이유를 참고 계약을 하려 해도 무림맹이 주시하니 할 수가 없다. 혈마곡의 습격 이후로 무림맹은 신양상단에서 눈을 뗀 적이 없다.

셋째는 실리 때문이다. 신양상단의 가장 큰 적인 운리방과

대진상단의 경우 이미 혈마곡과 손을 잡았다.

그들을 몰락시키고 신양상단이 우뚝 서기 위해서는 혈마곡과 원수가 될 수밖에 없다.

'내게는 잘된 일이지.'

혈마곡이라면 승조의 생사대적이다. 벌써부터 승조의 머리는 '우리 쪽의 자금은 유지하고 상대의 자금은 말라붙게 하는 방법이 뭐가 있을까' 라는 쪽으로 구르고 있다.

그런 승조의 노력 중 몇 개는 이미 성과를 거두어, 상재가 있는 무림인들은 백성들과 다른 의미로 그를 금협이라고 부른다. 돈으로 혈마곡과 싸우는 협객이라는 뜻이었다.

"효감현은 얼마나 더 가야 한다고 했지?"

"이틀이면 됩니다, 큰 누이."

승조의 앞에는 영화가 앉아서 초조한 얼굴을 하고 있었다. 동생 유선을 잃어버린 후로 미소도 잃어버린 영화였다.

"유선이는 잘 있을까?"

"유선이를 보호하고 있는 분이 진짜 천괴라면 지금 무림에 유선을 건드릴 수 있는 사람이 없습니다. 안심해도 돼요."

그래도 영화는 안심한 기색이 아니었다. 아무리 강한 사람이 곁에 붙어 있다고 해도 낯선 사람에 불과하다.

유선을 잘 대해줄까. 밥은 제때 제때 먹여줄까. 화를 내거나 때리진 않을까.

영화가 불안한 생각을 거두려 고개를 도리도리 저었다.
"아, 참. 오라버니 소식은 들었니?"
"형님도 효감현으로 오고 계신 모양입니다."
승조가 보고 있던 서류를 슬며시 접었다.
"천애검협의 이동은 당금 강호에서 가장 유명한 소식 중 하나입니다. 단혼신도인가 하는 사람을 검강을 일으켜 베었다는 소문이 돌고 있더군요. 이제 우리 형님도 천하에 드문 고수가 되신 셈입니다."
"많이 다치진 않으셨대?"
영화가 화들짝 놀라며 말했다.
영화의 옆에서 언제 대화에 끼어들까 고민하는 얼굴로 지켜보고 있던 당유회가 점잖은 어조로 말했다.
"원행을 할 수 있다는 것은 상처가 어느 정도 회복되었다는 뜻입니다, 진 소저. 천애검협께서는 잘 계실 터이니 염려치 않으셔도 될 것입니다."
"좀 떨어져 앉으시지 그러십니까, 당 대협. 대협께서 불편할까 두렵습니다."
승조가 못마땅한 어조로 헛기침을 내뱉으며 말했다.
당유회는 조심스러운 얼굴로 승조의 기색을 살폈다.
"나는 조금도 불편하지 않으니 염려 말게."
"으흠, 역시 마차가 좁은 모양입니다. 이렇게 좁을 줄 알았으면 마차를 한 대 더 구해올 것을 그랬습니다."

승조가 크디큰 마차를 일부러 좁다고 말하며 투덜댔다.

지괴 진유선의 소문을 듣는 즉시 승조는 마차를 구해 길을 나섰다. 영화가 자기는 반드시 가야 한다고 따라붙었고, 서원에 있어야 할 태승이도 함께 가겠다고 우겼다.

처음에는 반대하려 했지만, 결국엔 동의했다. 거기에는 당가의 소가주가 큰 역할을 했다. 당유회 역시 창천존을 만나야 할 일이 있으니, 보표치고는 큰 무력을 얻은 셈이었다.

하지만 당유회가 큰 누이에게 저렇게 찰싹 붙어 떨어지지 않을 줄은 몰랐다.

'어떻게 좀 해봐라.'

승조가 눈짓을 하자, 근엄하게 앉아 서책을 읽고 있던 태승이 자연스럽게 일어나 당유회와 영화 사이에 끼어들었다.

"할 말이 있습니다, 큰 누이."

"무슨 말이기에 그러시오?"

당유회가 웃는 얼굴로 옆으로 물러나며 말했다. 순순히 물러나는 척을 하고 있지만 속이 부글부글 끓는다.

'둘째 말은 야생마고… 셋째 말은 어떤지 한번 보지.'

일찍이 시성 두보(杜甫)는 전출새(前出塞)에서 '사람을 쏘려면 먼저 말을 쏘라[射人先射馬]'는 명언을 남겼다.

하지만 두보는 쏴야 할 말이 몹시 까탈스러울 때에는 어찌

해야 하는지 알려주지 않았다. 당유회는 어떻게 해야 태승의 도움을 얻을 수 있을까 고민하기 시작했다.

태승이 진지한 어조로 입을 열었다.

"유선의 교육 문제입니다. 창천존이라는 분이 강호에서 어떤 역할을 차지하고 있는지는 잘 모르나 그 연배부터 배분까지 유선과는 비교가 되지 않습니다. 하지만 유선은 사람들 앞에서 예의조차 잊고 그분을 친구라 칭했다 합니다. 아무리 말괄량이라지만 이럴 줄은 몰랐어요."

"음, 음."

그것은 영화의 마음에도 몹시 걸리는 일이었다. 영화는 양손을 얌전히 모은 채 태승의 말을 경청했다.

"아무래도 서원에 보내야 할 것 같습니다. 무사히 되찾거든 제가 다니는 서원에 자리를 알아보겠습니다. 큰형님이 계시면 형님께 상의하겠지만, 지금은 누이가 제일 큰 어른이니……."

"하지만 여아가 서원이라니. 말이 많을 거야. 차라리 초빙하는 것은 어떻겠니?"

영화가 말하자 당유회가 반색하며 끼어들었다.

"험, 당가로 오시면 어떻겠소? 당가에는 한림학사를 지내셨던 서윤 학사께서 계시외다. 서윤 학사는 청빈하거니와 문재가 높아 황상께서도 인정하시는 분이라오."

황상께도 인정을 받았다는 말에 영화의 귀가 솔깃해졌다. 태승이 험, 험 헛기침을 내뱉으며 고개를 저었다.

"아무리 그래도 어린 여아 홀로 저 먼 사천에 보낼 수는 없지요. 배려에 감사드립니다, 당 대협."

"혼자가 아니면 되지 않겠나? 잊은 모양인데, 나는 이미 정식으로 매파를 보내겠다 말한 바 있네."

당유회가 부드럽게 웃으며 말했다.

승조는 반대를 했지만, 사실 태승은 당가가 그리 나쁘지 않은 선택이라고 생각하고 있었다. 무엇보다 큰 누이 자체가 말로는 그러지 말라면서도 싫은 기색을 보이지 않는다.

'저는 어쩔 수가 없겠는데요, 둘째 형님.'

태승이 고개를 절레절레 젓고 제자리로 돌아가자 승조의 눈이 가늘어졌다. 꽃보다 어여쁜 큰 누이를 독충이나 다루는 집안에 시집보내야 한다니, 절대 받아들일 수 없다.

딱 하나 당유회가 마음에 드는 것이 있다면, 유선의 실종을 알고 크게 상심한 누이를 잘 달래준 일이다.

사실 지괴에 대한 소문이 들려오기 전까지 영화도, 승조도, 태승도 제정신이 아니었었다.

"그보다 큰 누이, 소량 형님께 하지 말후에 응천부에서 뵙자는 서신을 남겼는데 받으셨는지 모르겠습니다."

소량에게 답신을 보내달라 청하지도 못한 승조였다. 답신을 쫓아 혈마곡이 찾아올지 모른다는 위기감에서였다.

혼자 무언가를 생각하던 영화가 얼른 고개를 들고는 희미하게나마 웃음을 지었다. 걱정하지 말라는 듯한 얼굴이었다.

"아마 받으셨을 거야. 받았지만 유선의 소식이 들려서 먼저 그쪽으로 가신 것일 테지. 만약 유선이만 만나고 오라버니를 만나지 못한다면, 그때는 응천부로 돌아가면 돼."

"예, 큰 누이."

걱정을 하던 것은 맞지만, 그것을 일부러 크게 내색함으로써 당유회의 관심을 효과적으로 차단한 승조가 만족스러운 웃음을 지었다. 당유회는 '역시 둘째 말이 문제야'라고 중얼거리며 새로운 화제를 꺼냈다.

"그런데 천애검협께서는 어떤 분이신가?"

당금 강호에 가장 이름 높은 무인이자, 진영화 소저의 큰오라버니 되는 사람의 성품이 궁금하지 않을 리 없다. 당유회는 호기심 어린 표정으로 승조를 바라보았다.

그리고 피도 눈물도 나지 않을 것 같은 승조의 표정에서 몹시 낯선 표정을 발견했다.

"굳건한 기둥처럼 든든한 분이지요."

말을 마친 승조가 눈을 지그시 감았다.

큰형에 대해 생각하면 늘 마음이 저릿해지는 승조였다.

형의 등은 언제나 컸다. 앞장서 걸어가는 모습을 보면 그렇게 든든할 수가 없었고, 구걸이 잘 안 되어도 그가 괜찮다고 웃으면 진짜로 괜찮을 것만 같았다.

　형은 날 때부터 형인 사람인 것만 같았다.

　하지만 나이를 먹고 보니 그 등을 바라보는 일이 통증으로 다가왔다.

　다섯 살 때 그렇게 든든하게 바라보았던 등은 아홉 살짜리의 등이었다. 동생들에게 먹을 것을 몽땅 양보하고 물로 배를 채우러 가던 그 등은 아홉 살짜리의 것이었다.

　그도 무서웠으리라.

　그도 배고팠으리라.

　지금도 그는 자신들을 대신해 강호에 있다.

　"그래요, 든든한 분이지요……."

　승조가 조그맣게 중얼거리자 영화도, 태승도 상념에 젖어 들었다. 언제나 의지하고 믿어왔던 든든한 큰오빠의 모습이 아직도 눈에 선했다.

　마차 안이 그리움으로 가득 차올랐다.

2

봄바람이라고 항상 따뜻한 것만은 아니다.

　동장군이 마지막 심술을 부리면 한겨울마냥 매서운 바람

이 불어온다. 소량과 반선이 효감현 부근의 유영평야(孺嬰平野)에 들어섰을 때가 그랬다.

아기가 몸을 둥글게 말고 누워 있는 것처럼 생겼다 해서 유영이라는 이름이 붙은 평야에 소슬한 바람이 불었다.

저녁 무렵이어선지 바람 소리가 유난히 크게 느껴졌다.

"어째 으슬으슬하구먼."

"반선이시라더니, 추위는 참지 못하시는 모양입니다."

이제는 제법 농담도 할 줄 아는 소량이었다. 무창의 목공으로 살 때처럼 웃음도 많아졌고 여유도 생겼다.

도천존이 남긴 대의라는 숙제에서 완전히 벗어난 것이다.

백성들의 아픔을 함께하는 것은 이전과 같겠으나 인간에 대한 희망을 포기하거나 세상을 원망하지 않으리라.

"한서불침(寒暑不侵)이라 이거냐?"

반선이 투덜거리는 어조로 중얼거렸다.

소량이 어깨를 한차례 으쓱해 보였다.

"어느 정도는요."

말을 하고 보니 꼴이 이상해진다. 무학으로 따지면 반선이 월등히 뛰어나다. 그는 지금 추위를 막지 못한 것이 아니라 일부러 겪고 있는 것이나 다름없다.

소량이 호기심 어린 어조로 질문했다.

"말씀하신 대로 무학의 경지가 높아지면 추위가 침범하지 못한다고 들었습니다. 어르신께서는 어찌하여 일부러 추위를 느끼시는지요? 운기만 해도 견딜 만하실 텐데요."

그 말에 반선이 쓸쓸한 표정을 지었다.

"반선이 아니라 진짜 신선이 되면 그리할 생각이야."

"진짜 신선?"

소량이 의아한 표정을 지었다.

진짜 신선이 되겠다는 목표야 도사라면 누구나 가지는 것일 테지만, 반선의 말에는 다른 의미가 숨어 있는 듯하다. 마치 그것이 제약이라도 되는 듯한 말투인 것이다.

반선이 어깨를 으쓱하며 말했다.

"내가 어찌하여 스스로를 반선이라 칭하는지 아느냐? 정해(情海)에서 벗어나지 못했기 때문이야. 집착이 남아 있기 때문이야. 그걸 끊지 못하는 한 영원히 신선이 되지 못하겠지."

"어떤 집착입니까?"

소량이 그렇게 묻자 반선이 아차 하는 표정을 지었다.

마음에 뚫린 커다란 구멍으로 부는 쓸쓸한 바람 탓일까? 그만 마음에 있는 소리를 꺼내고 말았다.

반선의 표정이 변해가자 소량이 고개를 갸웃했다.

"예전에 제 동생들을 칭찬하실 때도 그런 표정을 지으셨지요. 어떤 집착인지 모르겠으나 큰 집착인 모양입니다."

"그래, 큰 집착이지. 너무 큰 집착이야."

반선이 수긍한다는 듯 고개를 끄덕였다.
그리고는 부러운 표정으로 소량을 바라보았다.
"진무신모는 후인들을 참 잘 키웠어."
"할머니를 아십니까?"
반선은 고개를 끄덕이고는 시선을 돌렸다. 평소라면 캐물어볼 법하건만 소량도 더 이상은 묻지 않았다.
"내게도 아들이 있었단다."
반선의 눈은 앞을 보고 있으나 그의 마음은 추억을 걷고 있었다. 아름다운 추억이었으나 끝이 나버렸기에 결코 아름답지 아니한 추억이었다.
"내 아들은 백치였어."
반선이 바람이 부는 갈대밭을 걸어갔다. 굽은 등을 한 노인이 한창 자라는 보리를 쓸어 만진다.
"백치?"
소량이 가볍게 헛숨을 들이켰다. 반선은 자신의 이야기에 귀를 기울이는 소량을 보고는 좀 더 짙은 미소를 지었다.
그가 호기심이 아닌, 애정으로 귀를 기울이는 것을 안다.
그래서 고마웠고, 그래서 더 말하기 싫었었다.
반선이 다시금 보리밭을 걸어가며 말했다.
"백치에게는 남다른 재주가 있다더구나. 일상생활은 불가능하지만 어떤 이는 수리에 재주가 있고, 어떤 이는 외는 데

능하지. 내 아들은 몸짓을 흉내 내는 데 능했어. 특히 내 무공을 흉내 내는 것을 좋아했지."

그래서 무학을 가르쳤다. 무학을 익히다 보면 언젠가 이지가 돌아올지도 모른다는 희망이 있었다.

곧 두 부자가 함께 무학을 수련하는 것이 일과가 되었다.

"그러다 욕심이 생긴 게지. 어느 날엔가 말이야, 아이에게 좀 더 혹독한 수련을 시켰어. 무엇을 시켰는지는 기억나지 않아. 기억할 수 있다면 좋을 텐데."

아이는 시킨 대로 열심히 행했다. 혹독했지만 반선이 말한 대로 모두 수련했다.

집에 돌아온 아이의 손과 발은 피투성이가 되어 있었다. 너무 많이 검을 잡아서 생긴 물집이 터져 흐른 피였고, 너무 많이 보법을 밟은 탓에 생긴 상처에서 흐른 피였다.

아들이 정상적인 아이였다면 칭찬해 주었으리라.

그 끈기에 감탄하고 그 집중력에 탄성을 내뱉었으리라.

"하지만 내 아들은 백치였어. 자기감정을 말할 줄 몰라. 나는 지금도 궁금해. 아이는 진짜 좋아했던 걸까?"

소량은 숨이 막히는 기분을 느꼈다. 반선의 고통이 그대로 전해지는 듯했다. 세월이 지나도 사라지지 않는 고통 속에서 그는 얼마나 괴로웠을까.

반선의 목소리가 점점 더 커져 갔다.

"끔찍하게 고통스러웠는데 내가 시켜서 참았던 것이 아닐까? 원치 않는데 강요한 게 아닐까? 너무 괴로워서 혼자 울지는 않았을까? 그 아이는, 그 아이는……!"

저도 모르게 보리를 움켜쥐었던 반선이 기운이 몽땅 빠진 사람처럼 어깨를 늘어뜨렸다.

채 익지 않은 보리 알갱이가 손안에서 후두두 떨어졌다.

"그 아이는 행복했을까?"

반선이 찰나의 시간 동안 백 년의 세월을 보낸 사람처럼 지친 미소를 지었다. 통곡처럼 보이는 미소였다.

소량은 눈을 질끈 감았다.

이제야 반선의 정체를 짐작할 수 있었다. 생각해 보면 더 빨리 알 수 있었는데, 도천존과 창천존을 친구라 부르고 놀라운 무학을 보이는 사람이었는데.

강호에는 화마에게 아들을 빼앗긴 절대고수가 하나 있다.

검의 하늘에 이르렀다는 무인, 검천존.

"당신은 어째서……."

소량이 무어라고 말하려 할 때였다.

그렇지 않아도 차갑던 바람이 더더욱 스산해졌다. 소량은 바람 안에 섬뜩한 기세가 섞여 있다는 것을 깨달았다.

살기, 그리고 마기.

반선은 소량보다도 먼저 그 기세를 알아차렸다. 하지만 피하기엔 너무 늦었을뿐더러 피할 생각도 없었다. 여태 꺼내지 않던 아들의 이야기를 꺼낸 것도 바로 그 때문이었다.

"나는 무공 수련을 하지 않아도 된다고 말했어."

반선이 살기에도 마기에도 관심이 없다는 듯, 허공을 바라보며 말을 이어나갔다.

"하지만 아들은 무공 수련을 하러 나갔단다. 원해서 나갔는지, 타성적으로 나갔는지는 몰라. 나는 반미치광이가 되어 아들을 찾아다녔지만 발견한 것은 아이의 시신일 뿐이었지. 정기를 모두 빼앗긴 채 목내이가 되어 있는 시신."

소량은 길게 숨을 토해냈다.

"나는 그래서 신선이 되지 못했어. 모두 끊었는데 정만은 끊을 수가 없었어. 아직도 궁금해. 아이는 행복했을까?"

반선, 아니, 검천존의 표정이 얼음장처럼 차갑게 변해갔다. 검천존이 좌측을 바라보며 섬뜩한 살기를 일으켰다.

"너는 어찌 생각하느냐, 화마여?"

유영평야에 짙은 정적이 깔렸다.

어딘지 모르게 긴장감을 머금은 정적이었다.

정적을 뚫고 화마의 명령이 들려왔다.

"혈륜마라진을 펼쳐라!"

그와 동시에 유영평야를 감싸 안듯 둘러선 야트막한 산야에서 흑의인들이 나타났다.

하늘 높이 솟구친 흑의인들이 비처럼 떨어져 내렸다.

스르릉—

소량이 차가운 얼굴로 검을 빼 들었다. 얼음장 같은 표정으로 허공을 노려보던 검천존이 조금이나마 온화해진 얼굴로 장난스럽게 질문을 던졌다.

"아무래도 너도 한 몫 감당해야 할 것 같구나."

소량은 대답하지 않았다.

검천존이 의미심장한 표정으로 말했다.

"그런데 말이다, 너 그거 아느냐?"

"무엇을 말입니까?"

"무학은 마음에서 나온단다."

말을 그치자마자 반선의 신형이 사라졌다.

다시 반선이 나타난 곳은, 무려 십여 장이나 멀리 떨어진 곳이었다. 그곳에 서 있던 화마가 눈을 휘둥그레 떴다.

재빨리 보법을 펼쳐 도주해 보았지만 검천존의 신형은 너무도 쾌속했다. 마치 원래부터 있던 것처럼 순식간에 자신의 앞까지 당도한다. 제아무리 오행마라지만, 삼천존의 이름에 비하면 태양 앞의 반딧불이나 마찬가지 신세인 것이다.

"검마존이시여!"

화마가 검마존이라는 이름을 부르짖었다.

몇 달 전, 화마는 곡에서 다시 명령이 내려오자 크게 반색

했었다. 계획을 좇지 아니하고 도주한 죄를 묻지 않을 테니 검마존과 함께 검천존의 목숨을 거두라는 명령이었다.

검마존과 함께하는 이상 승산은 십 중 십.

기뻐하지 않을 도리가 없었다.

하지만 믿었던 검마존은 자신을 구해주지 않았다.

"검마존이시여! 어찌!"

검마존은 그 대신, 소량에게로 달려드는 중이었다.

"후우—"

검마존이 빠르게 쇄도하는 것을 바라보던 소량이 길게 숨을 토해냈다. 날숨이 끝나고 들숨이 시작되는 순간, 소량의 검에서 창궁무애검의 검로가 펼쳐졌다.

흐르는 강물처럼 검로가 도도히 흘러 흑의무복의 중년인에게 달려든다. 철검의 끝에는 검강이 어려 있었다.

중년인은 피하는 대신, 크게 웃으며 자신의 검을 꺼냈다.

"과연 그 나이에 얻기 힘든 무위로다!"

서격.

들릴 리 없는 소리였지만 소량은 무언가가 베어지는 소리가 들린다고 생각했다. 중년인이 검을 휘두르자 검강이 반으로 쪼개어져 버리고 말았다. 패도적인 경력에 자신의 공력이 끊기자 소량은 가슴이 답답해지는 것을 느꼈다.

"크흡!"

어느새 소량의 코앞까지 다가온 중년인이 살기 어린 눈으로 소량을 노려보았다.

"하나 거기까지지."

소량이 잇새로 숨을 내쉬며 다시금 중년인에게로 달려들었다. 낡은 철검에서 오행검 중 화검세가 펼쳐진다.

도대체 어째서일까?

중년인은 소량이 하는 양을 지켜볼 뿐, 움직이지 않았다. 소량의 검이 목젖을 찌를 때까지도 그대로였다.

화마에게로 달려들던 검천존의 눈이 찢어질 듯 커졌다.

"이놈아, 피해라!"

검천존이 바닥에 장력을 펼쳐 방향을 바꾸었다.

소량은 그제야 뒷골이 섬뜩해지는 것을 느끼고 빠르게 뒤로 물러섰다. 아니, 물러서는 것이 아니라 튕겨졌다고 말해야 옳았다.

대기가 검이 되어 소량의 가슴을 베어버렸으니까 말이다.

"커헉!"

콰앙!

소량이 낙하한 바닥에 마치 운석이라도 떨어진 것 마냥 커다란 구덩이가 생겼다. 소량은 거세게 기침을 쿨럭대며 재빨리 일어나 경신술을 펼쳐 뒤로 물러났다.

그 순간, 소량과 검마존 사이에 검천존이 뛰어들었다.

"으음, 혈마인 줄 알았는데 아니었구나. 너는 누구냐? 혈마 밑에 너와 같은 자가 있다는 소리는 들어본 적이 없다. 흉내에 불과하지만 그것은 자연검에 가까운 것이었어."

"…검마존. 귀하는 검을 드시오."

검마존이 무심한 얼굴로 자신을 소개했다.

검천존이 기가 막힌다는 표정으로 대답했다.

"말이 짧은 놈이로다. 버렸다, 검."

검마존의 눈이 찢어질 듯 부릅떠졌다.

자연검로를 능가하는 것이 있다면 오직 무검(無劍)의 경지뿐이다. 설마 하니 검천존은 그 경지에 들었다는 것일까?

잔뜩 긴장하여 검천존을 살피던 검마존이 실소를 머금었다. 자신의 눈이 썩은 것이 아니라면 검천존은 역시 자신과 동등하거나 반수 위다.

"알아차렸구나. 그래, 버리려 했으나 아직 버리지 못했지. 진짜 신선이 되면 버릴 수 있을 게야."

검천존이 쓸쓸하게 중얼거리며 손을 허공에 가져갔다.

"헉?!"

허공을 날아 바닥에 착지한 흑의인들 중 한 명이 대경하여 눈을 부릅떴다. 손에 있던 검이 부르르 떨리더니 허공을 격하여 날아가 검천존의 손에 쥐어진 것이다.

검을 든 검천존이 그 감각을 손에 익히려는 듯 허공에 몇 차례 휘둘러 보았다.

"쓸 만한 검이로다."

"화마는 무얼 하느냐? 저자가 너를 죽이기 전에 네가 저자를 죽여야 할 것이 아니냐?"

검마존이 싸늘하게 명을 내리고는 뒤로 물러났다.

그가 상대해야 할 것은 혈마지, 검천존이 아니었다. 목표를 향해 걸어가다가 돌부리에 발이 걸려 넘어진다면 얼마나 화가 나겠는가? 그는 검천존을 제대로 상대하는 대신, 화마를 보고 검천존이 동요하기를 바랐다.

"존명!"

화마가 빠르게 달려와 검마존의 곁에 섰다.

한편, 소량의 앞에는 무려 백여 명의 흑의인이 서 있었다. 빼어 든 도검(刀劍)에 각각 도기와 검기가 어려 있다.

아무리 일당백이라는 말이 있다지만 검기상인의 경지에 든 마인 백 명이라니!

소량은 순간적이나마 두려움을 느꼈다.

하지만 그 이후에는 투기가 끓어오른다. 이미 혈마곡과는 같은 하늘을 이고 살 수 없는 사이다.

"당신의 일이라면……."

소량이 아들을 잃어버린 검천존을 생각하며 중얼거렸다. 순전한 호의로 다가와 흔들리는 마음을 다잡아준 이다. 감당

키 어려운 은혜를 아무렇지도 않게 베풀어준 이다.
"제게는 온당한 분노겠지요."
소량이 흘끔 옆을 돌아보았다. 백여 명의 무인이 각자의 위치에 서서 소량에게로 다가오고 있었다.
혈륜마라대진(血輪魔羅大陣).
끈적끈적한 살기가 수십 배가 되어 소량에게로 쏟아졌다.
소량이 느릿하게 패검하며 중얼거렸다.
"와라."
그와 동시에 소량의 전신에서 기운이 용솟음쳤다. 태허일기공을 있는 힘껏 끌어올린 것이다. 적의 수가 저렇게 많으니 전력을 다하지 않고는 견디지 못하리라.
"흐아아—!"
선두에 선 흑의인이 기합을 내지르며 쏘아질 때였다.
태룡과해라!
소량의 검에서 빛살이 일어났다.

第十章
격전(激戰)

1

 검천존 경여월(景餘月)은 본래 섬서(陝西) 사람으로, 지금은 사라진 전진교(全眞敎)의 무학을 익힌 자였다.
 젊은 시절 그는 도사가 되기를 거부하고 속인이 되기를 원했는데, 스승은 '억지로 잡으려 하면 오히려 잡히지 않을 것이다' 라는 말을 남기고 그것을 허락해 주었다고 한다.
 비록 속인이 되었으나 그 성품이 담백하고 공부가 깊었으므로 그는 강호에 크게 이름을 날린 무인이 되었다. 혼인하고 가정을 꾸려 은거했지만, 그의 명성은 사라지지 않았다.

어느 날, 그의 아들이 실종되어 시신으로 발견되었다. 후에 벌어진 혈마곡의 혈란에서 그것이 화마의 짓이라는 사실이 밝혀졌다. 경여월은 광인이 되어 화마를 뒤쫓았다.

혈마곡의 마인 수십, 수백을 베어 넘기자 강호는 그를 존경의 염을 담아 검천존이라 불렀다.

하나 혈육을 잃었는데 명성이 무에 중요하겠는가? 혈마곡의 난이 끝나자 그는 강호에 관계치 아니하고 종남파 구석에 은거하여 세월을 보내었다.

그렇게 그는 속인에서 도사가 되었다.

그러는 사이 무학의 경지는 더 깊어졌고, 그는 말 그대로 반선의 경지에 올랐다.

천하제일인의 권좌를 엿볼 만한 위치에 올랐건만 그는 깨끗한 도복 대신 허름한 마의를 입고 다니기를 즐겨했고, 무인 대신 허름한 농부로 지내기를 원할 뿐이었다.

하지만 화마를 다시 마주한 지금, 모든 것이 달라졌다.

그는 반선에서 검천존으로 돌아와 있었다.

"아느냐? 오늘 네 목숨은 끊어지고 말 것이란다."

검천존의 눈에 불길이 일었다. 아들을 떠올리면 단장의 아픔이 찾아왔고 아픔은 고스란히 분노가 되었다.

"네 목숨을 끊으면 어쩌면 진짜 신선이 될지도 모르지."

그가 끊으려는 것은 화마의 목숨만이 아닐지도 몰랐다. 그는 화마를 죽임으로써 미련을 끊으려 하고 있었다.

도저히 끊어지지 않는 끈을 이제는 눈물을 부여잡고 끊어내리라. 마음속에 잡아두었던 아들을 이제는 보내주리라.

그러므로 이것은 또한 추모제였다.

"하하하! 비록 귀하의 무학에는 이르지 못할 터이나 오행마의 이름이 어디 가는 것은 아니라오!"

검천존의 무위에 공포를 느꼈으면서도 화마는 애써 태연한 척 허장성세를 부렸다. 화마공이 일어나자 곽채선과는 비교도 되지 않을 정도로 많은 불길이 일어났다.

화기를 머금은 강기가 아니라 진짜 불길. 비록 편법에 불과했지만, 화마 역시 나름대로 천지조화에 닿아 있는 셈이었다.

쐐애액―!

화르륵 타오르던 불길이 검천존의 검에 베였다. 불이 마치 살아 있는 생명처럼 꿈틀대며 검천존에게 길을 비켜주었다.

"이까짓 불장난이 무슨 소용이란 말이냐?"

"이익!"

화마가 정신없이 뒤로 물러날 때였다.

갑자기 검천존이 딛고 있던 땅이 솟구쳐 올랐다. 흙무더기가 날카로운 창이 되어 검천존의 가슴을 노리고 쏘아져 온 것이다. 검천존이 얼굴을 구기며 손을 가볍게 펼쳤다.

우웅—

땅이 한차례 울리며 창이 되었던 흙무더기가 멈추었다. 흙무더기는 부르르 떨리더니 이내 본연의 모습으로 돌아갔다. 검천존이 오만상을 찌푸리며 검마존을 돌아보았다.

검마존이 씨익 웃었다.

"이런, 기회인 줄 알았는데 아니었나 보오?"

그 비웃음이 검천존의 가슴에 불을 질렀다.

기가 막힌다는 듯 검마존을 바라보던 검천존의 얼굴에 실소가 어렸다. 실소는 조금씩 짙어져 마침내 광소가 되었다.

"하하하하!"

호탕하게 웃던 검천존이 순식간에 표정을 싸늘하게 바꾸었다. 그는 도사이면서도 무인이었고, 신선이면서도 인간이었다. 반선이라는 이름처럼 아직은 인간의 면모가 남아 있다.

그것도 범인이 아닌, 검천존이라는 인간의 면모가.

"내 강호에 들어 검천존이라는 별호를 오십여 년! 그동안 너와 같이 오만한 놈은 보지 못했다. 고작 자연검로를 흉내 내는 것만으로 나, 검천존을 상대할 수 있다고 믿었더냐?"

검천존이 그렇게 말하며 손사래를 쳤다. 마치 더운 여름 날

손부채질을 하듯, 너무나 가벼운 손짓이었다.
 그나마도 단 한 번이었다.
 "헉!"
 검마존이 대경하여 뒤로 물러났다.
 자신이 그랬던 것처럼 대기가 검이 되어 몰아친다.
 그것도 한두 군데에서가 아니었다. 수십 군데, 수백 군데에서 보이지 않는 검이 날아온다.
 검마존이 다급히 내력을 일으켜 대기를 움직여, 마찬가지로 보이지 않는 검을 수백 자루 만들어 방어해 나갔다.
 "으으음."
 검마존이 신음을 토해냈다.
 범인이 보았다면 그저 검마존 혼자 놀랐다가 안도한 것으로 보이리라. 하나 경지에 오른 무인이 본다면, 그의 주위로 수백 자루의 검이 부딪치고 있다는 것을 알 수 있으리라.
 검마존이 한 걸음 앞으로 나서자, 이번에는 검천존 주위에 보이지 않는 칼날이 만들어졌다.
 검천존은 대수롭지 않게 대기를 움직여 자신의 주위를 막아내며, 다시 화마에게로 달려들었다.
 "흡!"
 화마공은 강기공이라.

화마공의 공력은 굳이 초식에 연연하지 않는다.

곽채선이 정도의 무학인 용무신도에 화마공을 실을 수 있던 것도 바로 그런 이유에서였다. 같은 이유로, 화마공은 초식이 아니라 그저 기운으로써도 움직일 수 있다.

화마는 그것이 조금이라도 검천존의 발길을 붙잡아둘 수 있기를 기대하며 유영평야에 불을 질렀다.

"흥! 이까짓 불장난이라고 말한 소리를 못 들었더냐?"

검천존은 불길에는 조금도 신경 쓰지 아니하고 화마에게로 쏘아졌다. 화마의 목숨이 경각에 달린 순간, 검마존이 노호성을 터뜨렸다.

"그대가 천존이라면 나 역시 마존! 어디 자웅을 겨루어봅시다!"

검마존이 검천존에게로 쏘아져 일검을 펼쳤다.

내력은 대기의 검들이 벌이는 전쟁에 소용하고 있었기에, 직접 나서 검을 펼칠 수밖에 없는 것이다.

"자웅? 허! 가르침을 청한다 말해도 부족할 판에."

검천존 역시 마찬가지로 검로를 펼쳤다.

초식마저 잊어버린 탓에 그의 검은 언뜻 난잡하게 보였으나 하나하나 위력적이지 아니한 것이 없었다.

채채챙—

검기도, 검강도 없는 두 개의 검이 부딪치자 청명한 검명이 울려 퍼졌다. 검마존이 잇새로 헛숨을 들이켜며 검을 쥐지 않은 다른 손을 휘저었다. 또다시 흙바닥이 창이 되어 검천존의 가슴으로 노리고 쏘아졌다.

'놈! 또다시 잔재주를 부리려느냐?'

검천존은 미간을 찌푸리며 손으로 바닥을 누르는 시늉을 했다. 흙무더기로 이루어진 창이 스르르 흩어져 본연의 모습으로 돌아간다. 토창(土槍)을 제압한 검천존이 이번에는 허공에 나비가 춤추듯 손을 빙글빙글 돌렸다.

"헉!"

검천존의 내기가 실리자, 보리가 살아 있는 그물처럼 검마존의 발을 움켜쥐었다.

검마존은 눈을 부릅뜨며 손으로 크게 원을 그렸다.

투둑, 투두둑!

보리가 순식간에 뽑혀 허공중으로 사라진다.

그사이에도 둘은 계속해서 검격을 나누고 있었다. 보이지 않는 대기의 검 수백 자루도 여전히 격돌하고 있었다.

무인들이 보았다면 신선들의 싸움이라 여기리라.

'과연 검천존! 일진일퇴를 면할 길이 없구나.'

검마존이 신음을 토해내며 뒷걸음질 쳤다. 자신이 뒷걸음질 치고 있는 방향이 정확히 화마가 있는 곳이다. 화마는 주변을 짓누르는 대기를 느끼곤 신음을 토해냈다.

격전(激戰) 281

"으으음—"

정순함으로 따지면 모르겠으나, 양으로만 따진다면 화마공의 공력은 천하제일. 화마는 자신의 주위에 공력을 두름으로써 겨우 검천존의 보이지 않는 살수를 막아냈다.

그나마도 한계, 얼마 되지 않아 죽음을 맞으리라.

"검마존이시여!"

"하! 역시 이놈부터 제압해야겠구나."

검천존이 오만상을 찌푸리며 검마존을 노려보았다.

곧 그가 크게 뒤로 뛰어오르더니, 화마를 제압하던 힘을 약간 빼어 검마존에게로 돌렸다.

그가 손을 펼쳐 땅을 짓누르자 검마존이 이를 악물었다. 공기가 수만 근이 되어 어깨를 짓누르기 시작한 것이다.

콰지직!

검마존 주변의 땅이 거미줄처럼 갈라졌다.

"큭!"

콰아앙—!

버티고 버티던 검마존이 무릎을 털썩 꿇자, 굉음을 내며 그가 딛고 있던 땅의 반경 삼 장이 지하로 사라졌다.

마치 틀로 찍어낸 것처럼 정확한 원을 그리며, 검마존 주변의 땅만 반 장 가까이 가라앉은 것이다.

장내의 시선이 모두 그들에게로 향했다. 격전 중이었지만 상상도 할 수 없는 광경에 시선을 빼앗기고 만 것이다.
"제법이로구나."
그러나 검천존도 피해를 면할 수는 없었다.
검마존은 위기의 상황에서 자그마한 회오리를 일으켜 검천존의 팔다리를 베어나간 것이다. 고작 피륙의 상처에 불과하지만 검천존이 손해를 입었다는 것은 명백한 사실이었다.
"그 상황에 반격까지 할 줄은 몰랐다."
"내가 상대를 경시하긴 했구려. 이제 제대로 해봅시다."
구덩이에서 검마존의 신형이 솟구쳐 검천존의 앞에 섰다.
엄밀히 말하자면, 그들이 펼치는 것은 진짜 자연검로가 아니었다. 진짜 자연검로는 기운을 움직이지 않아도 마음만 동하면 저절로 천지가 움직여 준다.
그들이 하는 것은 엄밀히 말하면 허공섭물이었다.
기운으로써 사물을 움직이는 것.
그러나 그것이 허공섭물이라기에는 비교도 할 수 없을 정도로 정교한 고로 마치 자연검로처럼 보이는 것이다.
'허! 일이 어렵게 되었구나. 어디서 이런 놈이 튀어나왔단 말인가?'
검천존은 흘낏 검마존을 바라보며 생각했다. 잠시 검마존의 살기를 즐기듯 가만히 서 있던 검천존이 중얼거렸다.

"그래? 그럼 오너라."

2

 소량을 둘러싼 흑의인들은 위압감을 느꼈다.
 모두가 검기상인의 경지에 든 고수들이었지만 천애검협이라는 명성이 불러오는 공포는 만만치가 않다.
 사망객 곽서문, 잔혈마도 이곽, 단혼신도 곽채선.
 자신보다 명백히 강한 자를 상대하고도 천애검협은 오히려 승리를 거두었다. 심지어 고작 일이 년의 짧은 시간에 검기상인의 경지를 넘어 검기성강의 경지에 올랐다고 한다.
 나를 가장 잘 아는 것은 적이라던가?
 모두 쉬쉬하고는 있었지만, 진소월의 진전을 이은 천애검협을 소검신(小劍神)이라고 부를 정도였다.
 '하지만 이만한 준비를 했으니… 삼천존의 경지에 이르지 않는 한 천애검협은 살아나갈 수가 없을 것이다.'
 흑의인의 우두머리, 잔영검(殘影劍) 하무양(河武揚)은 그렇게 생각했다. 이것은 호랑이 사냥이다. 사냥꾼들이 물려 죽지 않으려면 만반의 준비를 해야 한다. 그들이 준비한 것은 만반의 준비라는 말로도 부족한 것이었다.

하무양이 눈짓하자 혈륜마라대진이 움직였다.

천애검협이 무어라고 중얼거렸다.

"당신의 일이라면 제게는 온당한 분노겠지요."

천애검협이 말을 마치자마자 그의 검에서 흡인력이 일어났다. 가장 후미에 서 있던 하무양조차 몸이 끌릴 정도였으니 말 다한 셈이었다. 혈륜마라대진 전체가 흔들렸다.

"와라."

천애검협의 말이 끝나자 혈륜마라대진의 선봉에 선 흑의인이 거세게 기합을 토해내며 뛰어들었다.

콰아앙!

그 순간, 천애검협의 검에서 무언가가 폭발했다.

"크아악!"

"커헉!"

용을 닮은 검강이 구불구불 지나가는 것과 동시에, 가장 앞섰던 흑의인이 비명을 토해냈다. 그뿐만이 아니었다. 비명이 연달아 이어지며 허공에 피보라가 일어났다.

그 한 수에 일곱 명의 흑의인이 목숨을 잃었다.

"놈!"

하무양이 이를 뿌드득 갈았다.

강기공이라니.

저 나이에 강기공이라니.

"어디 나와 한번 겨뤄보자!"

그 역시 검기성강의 경지에 이른 무인으로, 곽채선과 비견할 만한 고수였다. 천애검협을 경시하지 않아 그렇지 본래대로라면 단신으로 나섰어야 할 사람이다.

후미에 서 있던 하무양이 뛰어들 무렵이었다.

소량은 눈을 휘둥그레 뜨고 있었다.

'내력이 이상하게 움직인다.'

잔혈마도 이곽과 싸울 때와 비슷한 느낌이었다.

그때는 태허일기공이 난데없이 삼단공에 오르는 바람에 죽음 직전에서 싸워야 했었다.

지금도 그때처럼 태허일기공이 요동친다.

다만 다른 점이 있다면 이번에는 태룡도법이 자신을 돕고 있다는 점이었다. 태룡과해를 펼칠 때 발출되었다 돌아온 내력이 다시 뛰쳐나가고 싶어서 발광을 한다.

이전이었다면 보내주지 않았으리라.

내력을 잃을까 두려워 보내주지 않았으리라.

하지만 소량은 내력을 다시금 풀어내었다. 돌아온 진기에 더해 남은 진기까지 몽땅 섞어서 말이다.

그러자 태룡과해와는 다른 태룡도법이 펼쳐졌다. 소량을 중심으로 수십 개의 얇은 빛살이 일어난 것이다.

"헉!"

앞장섰던 하무양이 비명을 토해냈다. 검강이 구불구불 튀어나오리라 예상하고 피하려 했는데, 이번엔 마치 비라도 내리는 것처럼 산발적으로 검강이 쏟아지는 것이다.

흑의인들은 물론, 소량마저도 눈을 휘둥그레 떴다.

"태, 태룡치우(太龍治雨)?"

검강보다 강하다 평가받는 것이 바로 검환이다. 내력이 응축된 검강을 더더욱 응축한 것이 검환이니 강할 수밖에 없는 것이다. 그 검환을 이용한 것이 태룡치우다.

태룡과해를 펼쳐 낸 것으로 모자라 태룡치우라?

강호의 무인들이 들었다면 감탄을 금치 못했으리라. 태룡치우는 도천존이 중년에 만든 초식으로, 그에게 도천존이라는 명성을 가져다준 초식 역시 태룡치우였다.

그런 태룡치우를 고작 스무 살 남짓한 나이에 펼치다니, 이는 소량 스스로도 믿지 못할 기사였다.

하지만 소량은 아직 검환의 경지에 이르지 못했다. 하여 빛살 같은 검강이 대신 그 자리를 대신했다. 그 결과 남은 것은 여덟 명의 흑의인이 비명을 토해내는 광경이었다.

"크아악!"

콰직.

허리 아래가 뜯겨져 나간 채 비명을 지르는 동료의 목숨을 끊은 하무양이 쇄도했다.

내력을 발출한 직후에 생긴 빈틈을 노리고 뛰어든 터라, 소량은 공격을 허용할 수밖에 없었다.

소량의 철검이 펼쳐 낸 오행검의 화검세와 혈마가 직접 만들어 수하들에게 가르친 혈존십이로(血尊十二路)가 부딪치자 굉음이 울려 퍼졌다. 소량은 화검세에서 창궁무애검으로, 다시 오행검의 수검세를 펼치며 하무양을 공격해 갔다.

채채챙!

하무양은 금방 수세에 몰렸다.

태룡도법을 수습한 지 얼마 되지 않아 초식의 수발을 자유롭게 못해서 그렇지, 소량이 태룡도법을 온전히 취했다면 하무양은 벌써 목숨을 잃은 상태였을 것이다.

하무양이 이를 뿌드득 갈았다.

'나보다 한 수 위긴 하지만, 놈이 조금 전 같은 신위를 보이지 않는다면야 능히 빈틈을 만들어낼 수 있지.'

하무양의 검이 어지러이 휘돌며 일부러 빈틈을 만들어냈다. 자신을 미끼로 삼아 천애검협의 빈틈을 유도하려는 것이다. 소량은 노회한 강호인의 속임수에 걸려들고 말았다.

소량이 하무양을 베기 직전이었다.

"큭!"

소량의 뒤로 뛰어든 수하 하나가 그의 허리를 베었다.

하무양은 그 즉시 뒤로 물러났다. 내력은 비등할지 몰라도 배운 무학 하나하나가 절기 아닌 것이 없고 무학의 깨달음 역시 깊은 자다. 계속 상대해 봐야 좋을 것이 없다.

"후우―"

소량이 긴 한숨과 함께 몸을 빙그르르 회전하며 자신의 허리를 벤 흑의인의 목을 취했다.

목을 잃어버린 흑의인이 무릎을 꿇자 이번엔 무려 네 명의 흑의인이 소량에게로 뛰어들었다.

소량은 사방을 점하고 달려드는 흑의인들을 바라보며 가볍게 오행검의 목검세를 펼쳤다. 버드나무처럼 유유히 흐르는 검이 좌측의 흑의인의 공격을 흘려버린다.

챙강!

좌측의 흑의인의 검이 방향을 비껴가 우측에서 달려들던 자의 검을 막는다. 그 순간, 소량이 검강 대신 검기를 일으켜 좌측에 있던 흑의인의 심장을 꿰뚫었다.

"큽!"

심장에 꽂힌 칼이 흑의인의 몸을 반으로 자르며 나아가 우측에서 달려들던 자의 관자놀이를 벤다.

그 직후 검과 함께 허공에서 한차례 몸을 뒤집은 소량이 창궁무애검을 펼쳐 나머지 두 명의 허리를 반으로 잘랐다.

모두 눈 깜짝할 새에 일어난 일이었다. 찰나의 순간 만에 네 명의 무인이 목숨을 잃은 것이다.

"으으음."

하무양이 길게 신음을 토해냈다. 벌써 열아홉 명의 수하가 목숨을 잃었다. 이제 남은 것은 여든 남짓일 뿐이었다.

하지만 한 번이라도 공격을 성공했으니 다행인 일이다.

그 한 번의 공격을 성공하는 것이 목표였으니까.

"컥, 커헉!"

그 순간, 소량이 허리를 반쯤 굽히고 기침을 토해냈다. 가슴이 울렁거리고 시야가 어지럽다. 식도가 타는 듯하고 태허일기공의 운행이 끊겼다 이어지기를 반복한다.

"독?"

소량이 희미해진 눈으로 흑의인들을 돌아보았다. 허리를 베인 지 얼마나 됐다고 벌써 운신이 어려워진다. 해독을 하지 않는 한 죽음을 피할 수 없으리라.

'얼마나 버틸 수 있을까. 일다경? 반 각?'

소량의 얼굴에 식은땀이 흘렀다.

그러나 투기가 사라지지는 않았다.

"와라."

"아니, 우리는 피할 것이다."

하무양이 명령을 내리자 흑의인들이 뒤로 물러났다.

삼천존을 위해 준비한 독은 수량이 너무 적어 가져올 수가 없었지만 그보다 약간 모자라는 독은 준비할 수가 있었다. 그 역시 확실하지가 않아 그렇지 삼천존을 죽일 수 있으리라 평가받는 독, 부시독(腐尸毒)이었다. 이제 천애검협이 독에 중독되었으니 죽기만을 기다리면 된다.

그때, 꿈에서라도 듣기 싫은 목소리가 들려왔다.

"그럼 내가 간다."

설마 하니 독에 중독되고도 멀쩡하단 말인가?

하무양의 등골에 소름이 오싹 돋아 올랐다.

호랑이는 무섭다.

그러나 상처 입은 호랑이는 더욱 무섭다.

다급해진 하무양이 비명처럼 외쳤다.

"피, 피해라!"

하무양이 가장 앞으로 나섰지만, 소량은 하무양을 피해 흑의인들의 틈으로 떨어졌다. 말 그대로 귀신도 놀랄 만한 경신법이었다. 소량은 하무양과 상대하여 시간을 소모하는 대신 흑의인들을 상대하기로 결심한 것이다.

"죽어라, 천애검협!"

자신들 틈으로 떨어진 소량을 보고 흑의인들이 달려들었다. 아무리 고수라지만 부시독에 중독되었으니 어찌하겠는가? 꼼짝없이 목숨을 잃을 수밖에 없을 것이다.

채채챙—!

"커헉!"

가장 앞서 달려들던 흑의인 두 명을 창궁무애검으로 베어 버린 소량이 곧바로 태룡도법의 일초식 태룡과해를 펼쳤다.

콰콰콰콰—!

이제 태룡과해는 한 번으로 끝나지 않는다.

곧이어 태룡치우가 펼쳐진다.

그러자 소량을 중심으로 피보라가 일어났다. 열 남짓일까, 스물 남짓일까. 가까운 거리에 있던 만큼 흑의인들은 큰 피해를 입고 말았다.

하지만 소량도 피해를 입을 수밖에 없었다. 겨우 살아남은 흑의인 하나가 소량의 허벅지에 단검을 꽂아 넣었다.

서걱!

단검을 꽂아 넣자마자 흑의인의 목이 달아났다. 흑의인의 목을 베어버린 소량이 휘청거리며 기침을 토해냈다.

"커헉, 쿨럭!"

검붉은 피가 입가로 새어 나왔다.

소량은 지칠 대로 지쳐 버린 눈으로 흑의인들을 바라보며 입가를 훔쳤다. 하무양이 크게 노하여 소량에게로 쏘아졌다.

"왜 죽지 않느냐, 왜!"

쿵, 쿠쿵!

하무양이 검강을 일으켰으므로 소량도 검강을 일으켜 상대할 수밖에 없었다. 도천존의 태룡과해는 기운을 보내고 돌려받기에 내력의 소모가 극히 드문 고절한 수법이지만 계속해서 펼쳐 내는 데에는 장사가 없다.

'이자에게 시간을 빼앗겨서는 안 된다.'

소량의 움직임이 바뀌었다.

검강을 일으켜 하무양의 검을 상대하다가, 슬며시 몸을 돌려 도망치는 흑의인 하나의 목을 벤다. 그다음 다시 하무양을 상대하기를 반복하자 눈 깜짝할 사이에 네 명이 넘는 흑의인이 목숨을 잃었다.

하무양은 수하들의 죽음에는 큰 관심을 두지 않았다. 화마가 일으킨 불길 가까이로 소량을 밀어낸 하무양이 수하에게 전음성을 날렸다.

[바로 지금!]

전음성을 날리자마자 하무양이 신형을 뒤로 뺐다.

소량은 그를 뒤쫓는 대신 다른 흑의인에게로 쏘아져 창궁무애검을 펼쳤다. 운검건취, 중정원만, 박실무화의 구결을 좇아 초식을 펼치던 순간이었다.

콰아앙!

"큭!"

눈앞이 번쩍 하는가 싶더니 소량의 몸이 활처럼 휘어 앞으로 튕겨 나갔다.

등 뒤에서 화마의 그것과도 비견할 만한 끔찍한 열기가

느껴졌고, 파편이 박힌 탓에 검에 찔린 듯한 통증이 일었다.

벽력진천뢰(霹靂鎭天雷)!

소량을 상대하기 위한 또 다른 함정이 발동한 것이다.

바닥에 쿵 소리를 내며 시체처럼 떨어진 소량이 비틀거리며 자리에서 일어났다. 일어나다 말고 넘어지기를 반복하던 소량이 비틀비틀 거리며 겨우 제자리에 섰다.

"커헉, 컥."

소량은 흔들흔들 움직이는 몸을 다스리려 애를 썼지만, 사실 일어서 있는 것만도 기적 같은 일이었다. 목을 가눌 힘조차 없어 목이 뒤로 꺾이더니 검붉은 저녁놀이 보였다.

'이렇게 끝인가?'

이대로 죽음을 맞는가? 할머니를 겨우 찾았는데, 동생들을 찾아 돌아가기만 하면 되는데 이렇게 끝인가?

소량의 눈에 눈물이 고였다.

할머니 얼굴을, 동생들 얼굴을 보고 싶었다.

죽기 직전에 한 번만 볼 수 있다면 좋으련만.

'아니, 아직 죽지 않았어.'

소량이 이를 악물었다. 세상이 다 그런 거라고 포기하지 않았던 것처럼 죽음을 상대로도 포기하지 않으리라. 이렇게 죽음을 맞게 될지언정, 죽기 전까지는 살아가리라.

쐐애액—

 귓가로 검이 쏘아지는 소리가 들려왔다. 소량은 비틀거리며 그를 피해낸 다음, 공격하던 흑의인의 목을 베어버렸다.

 흑의인의 입에서 바람 빠지는 소리가 들려왔다.

 "껵, 꺼억."

 소량은 이전처럼 단번에 목을 베지 못했다.

 그러나 그것이 더 끔찍했다. 반절가량 잘린 목을 움켜쥔 채 쓰러지는 흑의인의 모습은 섬뜩한 것이었다.

 도대체 어찌 이럴 수가 있는가!

 부시독에 중독되었다.

 벽력진천뢰가 적중했다.

 그런데도 불구하고 천애검협은 살아 있었다.

 아니, 살아 있는 것뿐만이 아니라 벌써 반 수 가까이 되는 수하들의 목숨을 취하고 말았다.

 '소검신이라더니 과연 대단하구나. 하지만 이제는 더 이상 죽음을 피하지 못하리라.'

 하무양이 지친 소량을 살피다 말고 턱짓을 해 보였다. 신호를 받은 흑의인 하나가 빠르게 소량에게로 쇄도했다.

 오행검의 수검세를 펼쳐 막아보려 했지만 소량은 너무 지쳐 있었다. 흑의인은 느릿한 소량의 공격을 쉬이 막아내고는, 단검을 꺼내어 그의 단전을 찔러 나갔다.

"크윽!"

소량의 눈이 커지며 거센 신음소리가 튀어나왔다.

물론 소량도 당하고만 있지는 않았다. 단전을 피해 몸을 옆으로 트는 것과 동시에, 손으로 단검의 날을 잡은 것이다. 흑의인이 힘을 주어 깊게 찌르려 하자, 소량이 다른 손에 쥐어든 검으로 그의 심장을 찔러 나갔다.

"쳇!"

흑의인이 잇소리를 내며 빠르게 뒤로 물러났다.

소량은 끝까지 그를 공격하려 했으나 너무 지친 까닭에 성공하지는 못하였다.

"이제 쉬시오, 천애검협. 다 끝났소."

물끄러미 지켜보던 하무양이 중얼거렸다.

"이대로 정진한다면 진소월의 진전을 모두 이을 테지만… 이제 끝났소. 미련은 남기지 않는 것이 좋겠지."

털썩.

소량이 옆구리에 박힌 단검을 뽑아내지도 못한 채 무릎을 꿇었다. 무릎을 꿇은 채로 앞뒤로 흔들거리던 소량의 신형이 이내 멈추었다.

'피, 피곤하다……'

소량은 눈을 지그시 감았다.

말 그대로 만신창이였다. 검이 박혔던 허벅지와 어깨와 왼

팔에 생긴 상처에서 피가 쏟아진다. 옆구리에 틀어박힌 단검이 주는 이물감이 생생하게 느껴진다.

죽음이 목전에 이르렀지만, 기이하게도 소량은 충족감과 비슷한 감정을 느꼈다. 최선을 다해서 살아간 자가 느낄 수 있는 감정이었다.

아마 이전이었다면 이와 같은 충족감을 느끼지 못했으리라. 죽음에 이르러서도 이처럼 담담히 관조하지 못했으리라.

소량은 새삼 검천존에게 받은 것이 얼마나 큰 것인지 깨달았다.

'이제는 마음을 어디에 두어야 하는지 압니다.'

분노로 가득 찬 채 세상을 바라보았던 과거와 달리, 이제는 평온한 마음으로 현실을 직시한다.

그러자 길이 보였다.

하늘 끝으로 가는 길. 언젠가 반드시 오르고 말겠다고 생각했던 길. 험준하기 짝이 없는 길이었지만, 또한 언제라도 오를 수 있을 것처럼 쉬워 보이는 길이었다.

하지만 생각해 보면, 길만이 보인다는 것이 이상하다.

길옆으로 천하가 펼쳐져 있는데 왜 이전엔 보려 하지 않았을까? 바람이 흐르고 흙이 숨쉬며, 흐르는 강물 옆으로 나뭇가지가 살랑대는 세상이 있는데 왜 길만을 보았을까?

"아아."

소량이 드넓은 세상을 보며 탄성을 토해냈다. 모든 것이 자신의 마음속에 있었다. 다만 자신이 알지 못했을 뿐이었다.

생사의 간극에 서서야 깨닫게 되다니, 세상에 이런 바보천치가 어디에 있단 말인가!

그때, 검천존의 목소리가 소량의 귓가를 울렸다.

"그런데 말이다, 너 그거 아느냐?"

이제는 알 것 같아서, 소량은 웃으며 고개를 끄덕였다.

"무학은 마음에서 나온단다."

소량이 느릿하게 고개를 들고는 잔뜩 지친 얼굴로 철검을 들어 올려 흑의인들을 겨누었다. 검천존을 만나던 날, 수도를 만들어 나무를 겨누었던 것처럼.

하무양이 실소를 지으며 말했다.

"끝까지 반항하시려오?"

소란에 휘말려 조각나 버린 보리 잎 한 조각이 소량의 검끝에 살랑 내려앉았다.

소량은 검끝을 바라보다 눈을 지그시 감았다.
그리고 느릿하게 검을 휘둘렀다.
그러자 천지가 호응했다.

3

하무양은 기이한 시선으로 소량을 바라보았다. 적이지만 감탄을 금할 수가 없는 자였다. 놀라운 무위부터 죽음을 눈앞에 둔 순간에도 끝까지 검을 들어 올리는 배포까지, 뛰어나지 않은 구석이 없다.
하지만 이제 끝이다.
하무양은 감탄을 계속하는 대신 적의 목숨을 끊는 순간의 즐거움을 맛보기로 했다.
"이제 그만 포기하는 것이 낫지 않겠소?"
하무양은 공연히 철검을 좌로 베어가는 소량을 보며 미소를 지었다.
"차라리 포기하고 쉬는 편이… 헉?!"
무언가를 느낀 하무양이 말을 하다 말고 자신의 좌측을 바라보며 검강을 일으켰다. 의식적이라기보다는 본능적인 행동이었다.
그 순간, 아무것도 없는 허공에서 무언가가 나타나 하무양의 검강을 차르고, 그의 한 팔을 잘랐다. 힘을 이기지 못해 넘어졌기에 망정이지 아니었다면 목이 잘렸으리라.

소리는 그 이후에 들려왔다.

콰콰콰콰—

폭포수 쏟아지는 소리가 귀가 먹먹해질 정도로 크게 울려 퍼졌다. 흑의인들이 비명을 질렀지만 그 소리에 묻혀 들리지도 않았다. 너무 커서 오히려 조용하게 느껴지는 굉음 속에서 하무양이 눈을 휘둥그레 뜨고 수하들을 바라보았다.

수하들의 허리가 반으로 갈라져 있었다. 심지어 자신의 죽음을 모르는 수하들도 있을 정도였다.

후우우웅!

소리가 지나가자 미친 듯 광포한 바람이 불어왔다. 하무양은 비명을 지르며 바람 앞의 가랑잎처럼 데굴데굴 굴러갔다. 상반신과 하반신이 분리된 수하들의 몸은 그제야 떨어졌다.

"어, 어떻게……."

한참을 구르다 겨우 멈춘 하무양이 두려움에 질린 표정으로 중얼거렸다.

무릎을 꿇은 채 허공에 검을 겨누고 있던 소량이 천천히 자리에서 일어났다. 여전히 처참한 몰골로 비틀거리고 있었지만 하무양은 그 모습에서 오히려 공포를 느꼈다.

"어떻게!"
하무양이 비명처럼 외치며 소량을 바라보았다.
소량의 입가에는 여전히 미소가 걸려 있었다.

『천애협로』5권에 계속…

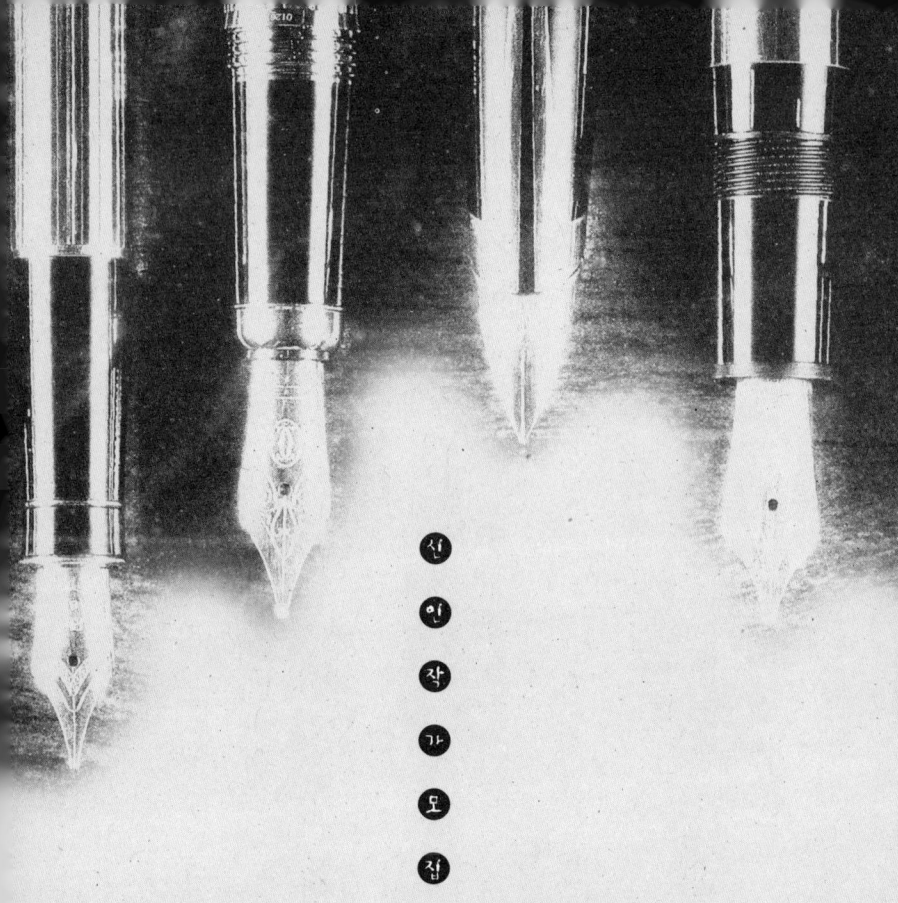

十變化身
십변화신

조종호 新무협 판타지 소설

"너는 죽는다."
"……!"

뇌서중은 자신도 모르게 번쩍 고개를 치켜들어 뇌력군을 올려다봤다.
"다시 말해주랴? 난호가 망혼곡에 들어가면 네놈은 반드시 죽는다."

비밀에 싸인 중원 최고의 살수문파 망혼곡(忘魂谷).
그곳에서 십 년 만에 돌아온 화사명은 기억을 지우고
평화로운 삶을 꿈꾸지만,
주위엔 가문을 위협하는 자들이 존재하고 있었으니……

그의 손엔 망혼곡 삼대기문병기
용편검(龍鞭劍), 명혼기수(冥魂起手), 엽섬비(葉閃匕).
얼굴엔 서로 다른 열 개의 괴이한 가면.

망혼곡주 십변화신! 그가 일으키는 폭풍의 무림행!

유행이 아닌 자유추구 —
WWW.chungeoram.com
Book Publishing CHUNGEORAM

장강삼협 長江三峽

조돈형 新무협 판타지 소설

『궁귀검신』, 『마도십병』, 『운룡쟁천』의
작가 **조돈형**
그가 장강의 사나이들과 함께 돌아왔다!

굽이쳐 흐르는 거대한 장강의 흐름 속에서
선혈처럼 피어나 유성처럼 지는 사내들의 향취!

장강삼협(長江三峽)!

하늘 아래 누구보다 올곧았던 아버지의 시신을 이끌고
고향으로 돌아온 유대웅을 기다리고 있던 것은
천오백 년의 시공을 뛰어넘은 패왕(霸王)의 무(武)와 검(劍)!

패왕칠검(霸王七劍)과 팔뢰진천(八雷振天)의 무위 아래
천하제일검(天下第一劍)으로 우뚝 설 한 소년의 일대기!

장강의 수류는 대륙을 가로질러
이윽고 역사가 된다!

Book Publishing CHUNGEORAM

WWW.chungeoram.com

DREAM WALKER
드림워커

김현우 퓨전 판타지 소설

『레드 데스티니』,『골드 메이지』를 잇는
김현우표 퓨전 판타지 결정판!

『드림 워커』

단지… 꿈이라 생각했다. 그러나 어느날.
그 꿈이 현실을, 그리고 현실이 꿈을, 침범하기 시작했다.

루시드 드림!
힘든 삶 앞에 열린 새로운 세계!

그날 이후 모든 것이 바뀌었다!
기준의 삶도, 유델의 삶도 모두 내 것이다!

Book Publishing CHUNGEORAM

마법사 무림기행

魔法師 武林紀行

김도형 퓨전 판타지 소설

**신예 김도형이 그려내는 퓨전 장르의 변혁!
무림을 무대로 펼쳐지는 마법사의 전설!**

무림에서 거지 소년으로 되살아난 마법사 브린.
더 이상 떨어질 곳도 없는 깊은 나락에서 마법사의 인생은 새로이 시작된다!

내 비록 시작은 이 꼴이나 그 끝은 창대하리니!

짓밟혀도 되살아나는 잡초 같은 생명력!
고난 속에서 빛을 발하는 날카로운 기재!

**무협과 판타지를 넘나드는
마법사 브린의 모험을 기대하라!**

Book Publishing CHUNGEORAM

유행이 아닌 자유추구 -
WWW.chungeoram.com

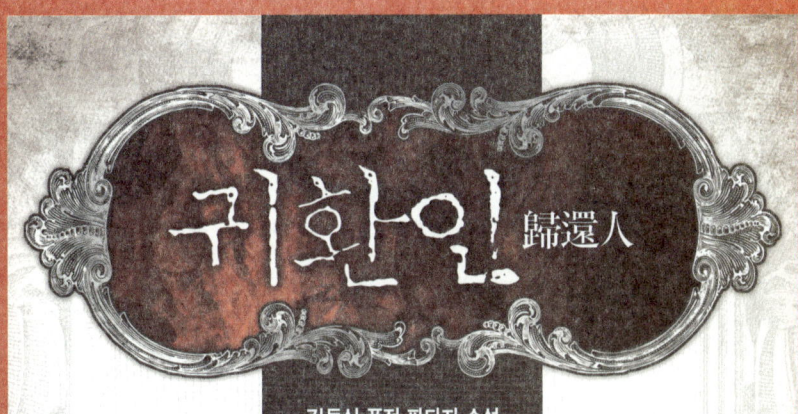

김동신 퓨전 판타지 소설

모든 마수의 왕 베히모스.

그의 유일한 전인 파괴의 마공작 베르키.
마계를 피로 물들이고 공포로 군림했던 그가
드디어… 꿈에 그리던 한국으로 돌아왔다.

"친구들아,
나 권태령이 드디어 돌아왔어!"

피로 물들었던 마계의 나날을 잊고
가족과도 같은 친구들과 지내는 생활.
그 일상을 방해하는 자들은 결코 용서치 않는다!

살기가 휘몰아치는 황금안을 깨우지 말라!
오감을 조여오는 강렬한 퓨전 판타지의 귀환!

Book Publishing CHUNGEORAM

유행이 아닌 자유추구 -
WWW.chungeoram.com

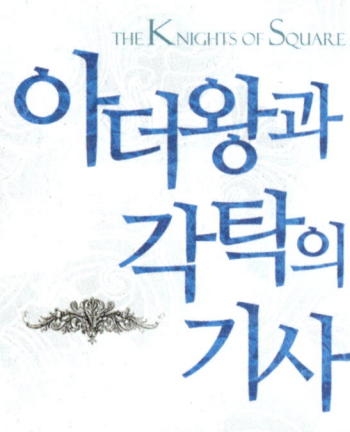

홍정훈 판타지 장편 소설

『비상하는 매』의 신선함, 『더 로그』의 치열함,
『월야환담』의 생동감.

그 모든 장점을 하나로 뭉쳐 만든 **홍정훈**식 판타지 팩션!

아더왕과 원탁의 기사.

전설의 검 엑스칼리버의 가호 아래 역사에 길이 남을 대왕국을 건설한
위대한 왕과 그의 충직한 기사들.

"…난 왜 이리 조건이 가혹해?!"

그 역사의 한복판에 나타난 이질적 존재, 요타!
수도사 킬워드의 신분을 빌려 아트릭스의 영주가 되어 천재적인 지략과 위압적인 신위를 휘두르며
아더왕이 다스리는 브리타니아에 정면으로 반기를 든다!

**전설과 같이 시공을 뛰어넘어
새로운 아더왕의 이야기가 우리 앞에 나타난다!**

Book Publishing CHUNGEORAM